Bibliografische Information der Deutschen Nationalbibliothek

Die Deutsche Nationalbibliothek verzeichnet diese
Publikation in der Deutschen Nationalbibliografie;
detaillierte bibliografische Daten sind im Internet
über http://dnb.d-nb.de abrufbar.

In Gemeinschaft mit dem Bonifatiuswerk
Wenn Sie mehr über die Diaspora-Kinder- und Jugendhilfe
erfahren möchten, wenden Sie sich bitte jederzeit und gerne an:
Bonifatiuswerk der deutschen Katholiken
Diaspora-Kinder- und Jugendhilfe
Kamp 22, 33098 Paderborn
Fon: (0 52 51) 29 96 - 50 / 51 (Herr Micheel / Frau Backhaus)
Fax: (0 52 51) 29 96 - 88
E-Mail: kinderhilfe@bonifatiuswerk.de
Internet: www.bonifatiuswerk.de

ISBN 978-3-7840-3480-5 (Lahn-Verlag)
ISBN 978-3-7806-3104-6 (Kaufmann Verlag)

Umschlagillustration: Heidi Stump
Umschlaggestaltung: Elisabeth von der Heiden, Geldern
Satz: Kontrapunkt Satzstudio Bautzen

Wir freuen uns aufs Fest

Das Weihnachts-Lesebuch für die ganze Familie

Herausgegeben von Georg Austen
und Matthias Micheel

Mit Illustrationen von Heidi Stump

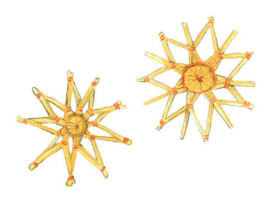

Lahn-Verlag
Kaufmann Verlag
BONIFATIUSWERK

Inhalt

Lichter im Advent

Das Wunder der Heiligen Nacht

Ein neues Jahr beginnt

Vorwort

Was gibt es Schöneres, als mit Kindern gemeinsam die Advents- und Weihnachtszeit zu erleben? Die Vorfreude der Kleinen auf das Fest überträgt sich
auf die Großen. Gemeinsam schmückt man die Wohnung, backt Plätzchen,
bastelt Geschenke und Christbaumschmuck, zündet Kerzen an, singt die
altbekannten Lieder und freut sich über die neuen Lieder, die die Kinder aus
Kindergarten und Schule mitbringen. Und natürlich macht man es sich auf
dem Sofa gemütlich und liest – oder liest vor.
Dieses Hausbuch begleitet die ganze Familie vom ersten Advent bis zum
Fest der Heiligen Drei Könige durch die stimmungsvollste Zeit des Jahres.
Es enthält Geschichten, Gedichte und Liedtexte, Bekanntes und weniger
Bekanntes, Ernstes und Fröhliches und bietet viele Momente der Besinnung.
Zahlreiche liebevolle und farbenfrohe Illustrationen von Heidi Stump machen
das Buch auch optisch zu einem Genuss. Immer wieder können wir uns
bei der Lektüre an die frohe Botschaft des Glaubens erinnern: Gott wird
Mensch und zeigt uns sein Gesicht.

Wir wünschen allen Leserinnen und Lesern eine besinnliche Adventszeit und
ein gesegnetes Weihnachtsfest.

Georg Austen und Matthias Micheel

Lichter im Advent

An Dezembertagen

An Dezembertagen
kann es sein
dass es abends
freundlich klopft
dass Besuch kommt
unverhofft
dass dir jemand
Himmelstorte backt
und die dicksten Nüsse knackt
dass er dir
ein Lied mitbringt
und von seinen Träumen singt

An Dezembertagen
kann es sein
dass Menschen plötzlich Flügel tragen
und nach
Herzenswünschen fragen
Riesen werden
Sanft und klein
Laden alle Zwerge ein

Dezember
müsst es immer sein!

Anne Steinwart

Der goldene Schlüssel

Zur Winterszeit, als einmal ein tiefer Schnee lag, musste ein armer Junge hinausgehen und Holz auf einem Schlitten holen. Wie er es nun zusammengesucht und aufgeladen hatte, wollte er, weil er so erfroren war, noch nicht nach Hause gehen, sondern erst Feuer anmachen und sich ein bisschen wärmen. Da scharrte er den Schnee weg, und wie er so den Erdboden aufräumte, fand er einen kleinen goldenen Schlüssel. Nun glaubte er, wo der Schlüssel wäre, müsste auch das Schloss dazu sein, grub in der Erde und fand ein eisernes Kästchen. Wenn der Schlüssel nur passt!, dachte er, es sind gewiss kostbare Sachen in dem Kästchen. Er suchte; aber es war kein Schlüsselloch da. Endlich entdeckte er eins; aber so klein, dass man es kaum sehen konnte. Er probierte, und der Schlüssel passte glücklich. Da drehte er einmal herum, und nun müssen wir warten, bis er vollends aufgeschlossen und den Deckel aufgemacht hat; dann werden wir erfahren, was für wunderbare Sachen in dem Kästchen lagen.

Gebrüder Grimm

Wir sagen euch an den lieben Advent

Wir sagen euch an den lieben Advent.
Sehet, die erste Kerze brennt!
Wir sagen euch an eine heilige Zeit.
Machet dem Herrn den Weg bereit!
Freut euch, ihr Christen! Freuet euch sehr.
Schon ist nahe der Herr.

Wir sagen euch an den lieben Advent.
Sehet, die zweite Kerze brennt.
So nehmet euch eins um das andere an,
wie auch der Herr an uns getan!
Freut euch, ihr Christen! Freuet euch sehr.
Schon ist nahe der Herr.

Wir sagen euch an den lieben Advent.
Sehet, die dritte Kerze brennt.
Nun tragt eurer Güte hellen Schein
weit in die dunkle Welt hinein.
Freut euch, ihr Christen! Freuet euch sehr.
Schon ist nahe der Herr.

Wir sagen euch an den lieben Advent.
Sehet, die vierte Kerze brennt.
Gott selber wird kommen, er zögert nicht.
Auf, auf, ihr Herzen, werdet licht.
Freut euch, ihr Christen! Freuet euch sehr.
Schon ist nahe der Herr.

Maria Ferschl

Adventsgedanken

November, weißt du, was du bist?
Ein garstiger Geselle,
mit Nebelwänden, Regen, Sturm
bist du sogleich zur Stelle.
Das bunte Laub zerrst du herab,
das uns entzückt an Bäumen,
missgönnst den Blättern, dass sie süß
noch von der Sonne träumen.
Doch etwas Schönes bringst du auch,
und das ist der Advent.
O ja, zum Zauberer wirst du,
wenn's erste Lichtlein brennt.

Helene Löffert

Es blüht ein Zweig im kalten Winter

Vor vielen, vielen hundert Jahren lebte in der Türkei, in der Nähe der heutigen Stadt Istanbul, ein reicher Kaufmann, dem war seine Frau gestorben. Er hieß Dioskurus und hatte eine wunderschöne Tochter: Barbara. Barbara liebte er mehr als alles andere auf der Welt und behütete sie sehr. Und auch Barbara liebte ihren Vater über alles.

Wenn Dioskurus verreisen musste, brachte er Barbara in einen Turm, damit sie nicht mit Menschen zusammenkam, die ihm nicht gefielen oder die Barbara schaden konnten.

Nur eine Dienerin und ein Lehrer betreuten sie. Als Dioskurus nun wieder einmal mit seinen Karawanen viele Wochen unterwegs war, lebte Barbara in ihrem Turm. Doch es war alles anders als sonst. Sie erfuhr zum ersten Mal etwas über Jesus. Tag für Tag lauschte sie den Jesusgeschichten, und Tag für Tag wurde sie fröhlicher: Ja, teilen mit anderen, das wollte sie auch. Sie hatte doch so viel von allem.

Freundlich und hilfsbereit sein zu den Menschen, die einsam und traurig waren, das konnte sie auch. Sie hörte, dass Gott Jesus nicht im Tod gelassen hatte. „Das ist ein großer Gott, viel größer als unsere Götter", dachte Barbara, „er schenkt neues Leben nach dem Tod. Da brauche ich keine Angst mehr vor dem Sterben zu haben."

Barbara ließ sich taufen und wurde eine Christin. Sie konnte es kaum erwarten, bis ihr Vater zurückkam, um ihm alles zu erzählen. Aber der Vater freute sich nicht. Im Gegenteil. Sein Gesicht wurde ganz finster. Er wurde zornig. Er mochte die Christen nicht. Er hatte auf seiner Reise einen reichen Mann für Barbara ausgesucht. Den sollte sie heiraten. Aber der wollte keine Christin, denn er hasste die Christen.

Barbaras Vater wusste, dass der römische Kaiser die Christen verfolgte und töten ließ, weil sie ihn nicht als Gott verehrten. Er flehte Barbara an, nicht als Christin zu leben, sondern den reichen Mann zu heiraten. In seinem Zorn schrie er sie an: „Ich selber werde sonst verraten, dass du eine Christin bist!" Aber Barbara ließ sich nicht einschüchtern: „Vater, ich fürchte mich nicht davor, zu sterben. Mein Gott schenkt mir ein neues Leben."

Ganz große Liebe kann zu großem Hass werden. Das musste Barbara erleben. Ihr Vater verriet sie und sie wurde in ein dunkles Gefängnis eingesperrt.

Es war kalter Winter. Auf dem Weg in das Gefängnis wurde Barbara an einem Kirschbaum vorbeigeführt. Ein Zweig brach ab und verfing sich in ihren Kleidern. Barbara nahm ihn mit in das Gefängnis und stellte ihn in einen Becher. Sie teilte mit ihm das wenige Wasser, das man ihr dort zu trinken gab. Und dann geschah etwas Wunderbares: An dem Tag, an dem Barbara zum Tod verurteilt wurde, begann der Kirschzweig zu blühen, mitten im Winter. Als Barbara hinausgeführt wurde, schaute sie den blühenden Zweig an und sagte: „Es schien mir, als ob du tot warst. Aber nun bist du aufgeblüht zu neuem Leben. So wird es auch mit mir geschehen. Wenn ich sterbe, werde ich verwandelt zu neuem, blühenden Leben."

Barbara starb am 4. Dezember. Seit dieser Zeit schneiden die Menschen mitten im Winter Kirschzweige vom Baum und stellen sie in eine Vase. Und zu Weihnachten – da beginnen die Zweige zu blühen. Sie wollen die Menschen an Barbara erinnern, die ein so großes Vertrauen zu Jesus hatte. Zu Jesus, dessen Geburtstagsfest wir im Advent erwarten.

Hermine König

Am vierten Dezember

Geh in den Garten
am Barbaratag.
Gehe zum kahlen
Kirschbaum und sag:

Kurz ist der Tag,
grau ist die Zeit.
Der Winter beginnt,
der Frühling ist weit.

Doch in drei Wochen,
da wird es geschehn:
Wir feiern ein Fest,
wie der Frühling so schön.

Baum,
einen Zweig
gib du von dir.
Ist er auch kahl,
ich nehm ihn mit mir.

Und er wird blühen
in seliger Pracht
mitten im Winter
in der Heiligen Nacht.

Josef Guggenmos

Der ganz besondere Adventskranz

Ganz aufgeregt kam das kleine Häschen zu dem Schneemann gelaufen, der am Waldrand stand.

„Du", rief es völlig außer Atem, „ich muss dir was erzählen!"

„Was ist denn los?", fragte der Schneemann überrascht.

„Ich war heute in der Stadt bei den Menschen und habe in die Häuser geschaut. Du glaubst nicht, was ich gesehen habe: Die haben da Kränze aus Tannenzweigen mit vier Kerzen darauf."

„Tannenzweige mit Kerzen?", fragte der Schneemann verständnislos. „Wozu soll das denn gut sein?"

Das Häschen erklärte: „Damit verschönern sie sich die Zeit bis Weihnachten. Vier Wochen vor dem Fest zünden sie die erste Kerze an, eine Woche später die zweite und so weiter. Und wenn die vierte Kerze brennt, ist Weihnachten."

„Lustig", gab der Schneemann zu.

„Nur lustig? Ich finde das wundervoll. Da freut man sich doch gleich noch viel mehr auf den Weihnachtsabend."

„Ja, das stimmt wohl."

„Ich hätte auch gerne einen Adventskranz", sagte der keine Hase leise.

„Wo willst du den denn herbekommen? Und wie willst du die Kerzen anzünden? Hier, mitten im Wald? Das ist doch viel zu gefährlich."

„Schade." Das Häschen wurde traurig. „Ich hätte so gerne einen Adventskranz gehabt."

Da hatte der Schneemann eine Idee. „Komm doch morgen wieder vorbei", sagte er. „Vielleicht habe ich dann etwas für dich."

„Was denn?", wollte der Hase wissen.

„Überraschung!", rief der Schneemann, und das war alles, was er verriet.

Am Abend, als es schon sehr dunkel war, gab sich der Schneemann einen kräftigen Ruck, stand von seinem Platz auf und tappte auf seinen Schneemannsbeinen in die Stadt. Er wollte etwas besorgen, und er wusste auch schon, wo: in der alten Scheune des Bauern.

Schnell hatte er gefunden, was er wollte. Er steckte es in einen Sack und eilte zurück zum Wald.

Schon sehr früh am nächsten Morgen kam der kleine Hase wieder zum Schneemann. Und als er sein Geschenk entdeckte, sprang er vor Freude hoch in die Luft und lachte.

Wintermorgen

In den Schnee hatte der Schneemann vier Möhren gesteckt, mit der Spitze nach oben, sodass sie wie vier Kerzen aussahen, und rundherum lagen Tannenzweige.

„Bitte sehr, dein ganz besonderer, dein eigener Adventskranz", sagte der Schneemann. Der Hase war ganz außer sich vor Freude. „Danke", rief er immer wieder, „danke!" Und er besuchte den Schneemann und den Adventskranz jeden Tag.

Stefan Gemmel

Viel schenkt dir
die Stadt
an einem Wintermorgen.
Einen Baum,
der ein Gesicht macht.
Krause Zeichen,
Spuren von Tauben im Schnee,
die enden,
wo die Vögel aufflogen.
Und wenn du Glück hast:
die Initialen deines Namens
in Kinderschrift
an einer Hauswand.

Paul Maar

Die Sache mit dem Schenken

Eines Adventstages findet Max ein Päckchen, auf dem „FÜR MAX" steht, vor der Tür. Eine CD ist drin mit einem Hörspiel. Max ist ganz aufgeregt. Er wundert sich. Von wem mag dieses Geschenk sein? Und warum legt dieser unbekannte Gabenspender es ihm klammheimlich vor die Tür?

„Schade", sagt er später zu Jan. „Es wäre noch schöner, wenn ich wüsste, wer mir das Päckchen vor die Tür gelegt hat."

Jan aber schüttelt den Kopf. „Ich find es spannend! Außerdem, sagt meine Mama, ist die Adventszeit eine Geheimniskrämerzeit."

Stimmt. Geheimniskrämereien mag Max auch gerne. Trotzdem ist er sehr neugierig.

„Nicht mal ‚Danke' kann ich sagen", knurrt er.

„Weihnachtswichtel brauchen kein ‚Danke'", meint Jan.

So recht glauben kann Max seinem Freund dies nicht. Und überhaupt: Warum grinst Jan so komisch? Ob er etwa ihm als Weihnachtswichtel die CD geschenkt hat? Den ganzen Tag grübelt Max darüber nach. Dann hat er eine Idee.

„Morgen", nimmt er sich vor, „lege ich ein Päckchen vor Jans Haustür. Dann kann der sich mal den Kopf über sein Geschenk zerbrechen. Der wird es nie raten!" Voll Vorfreude sieht Max das ratlose Gesicht seines Freundes vor sich, und er hat ein kribbelschönes Gefühl dabei.

„Komisch", murmelt er. „Heimlich schenken macht fast noch mehr Spaß, als selbst etwas geschenkt zu bekommen. Dazu braucht man gar kein ‚Dankeschön'."

Elke Bräunling

Tannengeflüster

Wenn die ersten Fröste knistern,
In dem Wald bei Bayrisch-Moos,
Geht ein Wispern und ein Flüstern
In den Tannenbäumen los,
Ein Gekicher und Gesumm
Ringsherum.

Eine Tanne lernt Gedichte,
Eine Lärche hört ihr zu.
Eine dicke, alte Fichte
Sagt verdrießlich: „Gebt doch Ruh!
Kerzenlicht und Weihnachtszeit
Sind noch weit!"

Vierundzwanzig lange Tage
Wird gekräuselt und gestutzt
Und das Wäldchen ohne Frage
Wunderhübsch herausgeputzt.
Wer noch fragt:
„Wieso? Warum?!",
Der ist dumm.

Was das Flüstern hier bedeutet,
Weiß man selbst im Spatzennest:
Jeder Tannenbaum bereitet
Sich nun vor aufs Weihnachtsfest,
Denn ein Weihnachtsbaum zu sein:
Das ist fein!

James Krüss

Der Bratapfel

Kinder, kommt und ratet,
was im Ofen bratet!
Hört, wie's knallt und zischt!
Bald wird er aufgetischt,
der Zipfel, der Zapfel,
der Kipfel, der Kapfel,
der gelbrote Apfel.

Kinder, lauft schneller,
holt einen Teller,
holt eine Gabel!
Sperrt auf den Schnabel
für den Zipfel, den Zapfel,
den Kipfel, den Kapfel,
den goldbraunen Apfel.

Sie pusten und prusten,
sie gucken und schlucken,
sie schnalzen und schmecken,
sie lecken und schlecken
den Zipfel, den Zapfel,
den Kipfel, den Kapfel,
den knusprigen Apfel.

Volksgut

Holler, boller, Rumpelsack

Holler, boller, Rumpelsack –
Niklas trug sie huckepack,
Weihnachtsnüsse gelb und braun,
runzlig, punzlig anzuschaun.

Knackt die Schale, springt der Kern,
Weihnachtsnüsse ess ich gern.
Komm bald wieder in dies Haus,
guter, alter Nikolaus!

Albert Sergel

Von der Rettung aus Seenot

Oder: Wie der heilige Nikolaus zum Schutzpatron aller Seeleute und Schiffer wurde

Lang, lang ist's her. Es gab noch keine Autos, keine Eisenbahnen und auch noch keine Flugzeuge. Die Seeleute, die damals mit ihren Schiffen über das Meer fuhren, spannten große Segel auf. Die Kraft des Windes trieb ihr Schiff von Hafen zu Hafen. Aus dieser Zeit erzählt man sich die Geschichte, wie der heilige Nikolaus, der Bischof von Myra, zum Schutzpatron der Schiffer geworden ist.

Eines Tages segelte ein stolzes Schiff durch das Mittelmeer. Es wollte nach Konstantinopel. An Bord trug es reiche Schätze Arabiens. Es war gut ausgerüstet und hatte eine tüchtige Mannschaft. Der Kapitän war ein alter, erfahrener Seemann. Schon war der ersehnte Hafen nicht mehr weit, da verdüsterte sich der Himmel, Wind sprang auf, und die Kämme der Wellen wurden schaumig und weiß.

Doch der Kapitän hatte mit seinem Schiff schon so manches böse Wetter durchgestanden. Er wusste, was zu tun war. Er ließ die Segel reffen. Das Ruder nahm er selber in die Hand. Genau dem Wind entgegen, drehte er den Bug seines Schiffes. Die Seeleute gehorchten seinen Befehlen aufs Wort. Doch der Wind wurde immer wütender, wuchs zum Sturm, heulte in den Tauen und Masten und riss den Leuten die Worte vom Mund.

Noch kämpfte das Schiff unverdrossen gegen die Wellen an. Aber schon türmte der Sturm das Wasser zu Bergen, schon warfen sich die Wellen über die Bordwand und überspülten das Deck. Breitbeinig stand der Kapitän und hielt das Ruder fest. Sein Steuermann half ihm dabei. Jetzt prasselten Regenschauer hernieder. Es wurde finster wie in der Nacht; eine Nacht ohne Stern, ohne Mond. Wieder schäumte ein Wellengebirge hoch auf, zerbrach und stürzte auf das Schiff. Das Holz ächzte. Ein Zittern durchlief den Schiffsrumpf und alle, die er trug. Pfeifen und Knirschen fuhr durch den Mast, ein Splittern, ein Krachen! In halber Höhe zerbarst ein Mast. Wie wild hieben die Männer mit Beilen und Äxten die Taue durch, damit das Wasser das gebrochene Holz wegschwemmen konnte. Doch eine Woge riss den mächtigen Mast hoch auf, schlug ihn gegen das Schiff und stieß ein Loch in die Bordwand. Immer noch hielten die Taue den Rammbock. Da liefen die Seeleute fort, um dem wild gewordenen Mastholz zu entgehen. Schon sah der Kapitän sein Schiff verloren, da fiel ihm in der höchsten Not ein, was er einst vom Bischof Nikolaus von Myra gehört hatte.

„Sankt Nikolaus, Sankt Nikolaus! Bitte für uns!", schrie er dem Sturm entgegen. Die Seeleute, die ihm am nächsten standen, hörten seinen Schrei. Sie nahmen den Ruf auf. So drang er bis in das Vorschiff.

„Sankt Nikolaus! Bitte für uns!", schrien die Matrosen. Mit einem Male wurde es ein wenig heller. Plötzlich stand mitten auf dem Schiff ein Mann, den sie nie zuvor gesehen hatten. Er schwang seine Axt und hieb auf die Haltetaue ein. Die Matrosen fassten durch sein Beispiel wieder Mut und kappten die letzten Taue, die den gefährlichen Mastbaum noch hielten. Die nächste Woge trug ihn weit vom Schiffsrumpf fort.

Stunden noch wütete das Wasser, doch nach und nach wurden die Wellen zahmer, und allmählich flaute der Wind ab. Als schließlich die Sonne zwischen jagenden Wolken hin und wieder hervorschaute, da war die ärgste Gefahr vorbei.

Aber wie sah das stolze Schiff aus! Wie ein zerzauster Vogel trieb es auf dem Meer. Zerrissen die Planken, zersplittert die Bordwand, verwüstet das Deck, weggeschwemmt die Ladung. Endlich übergab der Kapitän dem Steuermann wieder das Ruder.

„Bringt mir den Mann her, der uns gerettet hat!", befahl der Kapitän. Doch so sehr die Seeleute auch suchten, sie fanden ihn nicht. Am nächsten Tag tauchte die Küste von Kleinasien in der Ferne auf. Ein Notsegel, am Maststumpf mühsam aufgeknüpft, trieb sie langsam in den Hafen von Myra.

Die Matrosen vertäuten das verwundete Schiff. Sie warfen sich in ihre Kojen und wollten nichts als schlafen, schlafen, schlafen. Der Kapitän aber ging mit seinem Steuermann zur Kirche von Myra hinauf. Er wollte dem Herrn für die Rettung aus Seenot danken. In der Kirche wurde gerade ein Gottesdienst gefeiert. Vorn am Altar stand der Bischof. Als die Seeleute näher kamen, erkannten sie ihn. Sie sahen, dass er der Mann war, der ihnen auf dem Meer so wunderbar geholfen hatte. Da priesen sie Gottes wunderbare Güte.

Überall verbreitete sich unter den Seeleuten diese Geschichte. So wurde der heilige Nikolaus der Patron aller Seeleute und Schiffer.

Willi Fährmann

Niklaus, Niklaus, guter Mann

Niklaus, Niklaus, guter Mann,
halt doch deinen Esel an.
Gutes Heu, so warm und weich,
kriegt der liebe Esel gleich.

Niklaus, komm zu uns herein,
sollst uns sehr willkommen sein.
Sieh, bei uns, da brennt noch Licht,
Niklaus, vergiss uns nicht.

Niklaus, Niklaus, guter Mann,
weißt du, dass ich singen kann?
Niklaus, komm in unser Haus,
leer doch bald dein Säckchen aus.

Du halfst Menschen in der Not,
gabst das Korn, das Mehl, das Brot,
halfst den Schiffern in der Flut,
Niklaus, du bist lieb und gut.

Niklaus, komm, wir warten sehr,
deine Hände sind nicht leer.
Komm zu uns auch dieses Jahr,
reich uns deine Gaben dar.

Barbara Cratzius

Advent

Es treibt der Wind im Winterwalde
die Flockenherde wie ein Hirt,
und manche Tanne ahnt, wie balde
sie fromm und lichterheilig wird,

und lauscht hinaus. Den weißen Wegen
streckt sie die Zweige hin – bereit,
und wehrt dem Wind und wächst entgegen
der einen Nacht der Herrlichkeit.

Rainer Maria Rilke

Lasst uns froh und munter sein

Lasst uns froh und munter sein
und uns recht von Herzen freu'n!
Lustig, lustig, traleralera,
bald ist Nikolausabend da,
bald ist Nikolausabend da.

Dann stell ich den Teller auf,
Nikolaus legt gewiss was drauf,
Lustig, lustig …

Wenn ich schlaf, dann träume ich,
Nikolaus bringt was für mich.
Lustig, lustig …

Wenn ich aufgestanden bin,
lauf ich schnell zum Teller hin.
Lustig, lustig …

Nikolaus ist ein guter Mann,
dem man nicht genug danken kann.
Lustig, lustig …

Überliefert

Die Zaubernuss

Als die Kinder morgens ins Schulhaus stürmten, jubelten sie. Im Schulzimmer neben dem Tisch der Lehrerin stand ein Korb – ein runder, großer Korb. Er war gefüllt mit Mandarinen, Nüssen und Lebkuchen. Da wussten die Kinder: Heute Nacht war der Nikolaus da gewesen. Sie schauten den Korb von links an, von rechts, von vorn, von hinten. Sie zogen ihn ein kleines Stück vom Tisch weg. Sie schauten die Mandarinen, Äpfel, Nüsse und Lebkuchen genauer an. Welches war der schönste Lebkuchen? Welches die größte Nuss? Ein Kind nahm eine Nuss in die Hand. Da zog ein anderes Kind den Korb zu sich. Die Nüsse klapperten aneinander. Ein Junge gab dem Korb einen Stoß.

In diesem Augenblick hörten sie die Schritte der Lehrerin im Treppenhaus. Sie nahm immer zwei Treppenstufen auf einmal, das hörte man ihren Schritten an, und es war ein Zeichen, dass sie guter Laune war. Doch starr blieb sie in der Tür des Schulzimmers stehen. Sie schaute auf den Korb, der jetzt vor den Bänken stand. Daneben lagen Äpfel, Lebkuchen und Nüsse. Die Lehrerin blickte auf eine Nuss, die über den Boden rollte; sie schaute auf die Mandarine, die ein Kind in der Hand hielt, und auf einen zerbrochenen Lebkuchen. Sie sagte kein Wort. Schnell legten die Kinder alles in den Korb zurück. Sie sahen, dass die Lehrerin bleich geworden war. Nicht einmal „Guten Tag" sagte sie heute. Auch die Kinder waren stumm. Sie schlichen an ihre Plätze. Sie schauten auf den Boden, dann auf den Deckel ihrer Pulte.

Die Lehrerin sagte: „Der Nikolaus hat euch einen Korb gebracht – und ihr könnt keine Minute warten. Jeder hat Angst, dass er zu kurz kommt!"

Die Stimme der Lehrerin war nicht streng oder laut. Aber sie war sehr traurig – und das war für die Kinder viel schlimmer als laut oder streng. Das war überhaupt das Schlimmste, was passieren konnte. Wenn die Lehrerin nämlich traurig war, sah sie so aus, als ob sie im nächsten Moment weinen würde. Eine Lehrerin aber und weinen – davor hatten alle Kinder Angst!

Zum Glück wurde die Stimme der Lehrerin bald wieder fester, ein bisschen streng sogar, und sie sagte: „Hier steckt eine Papierrolle, mitten in den Nüssen, Lebkuchen und Mandarinen. Sicher ein Brief vom Nikolaus. Wer will ihn lesen?"

Niemand wollte. Alle waren jetzt ganz ängstlich, und die Lehrerin selbst musste das rote Band, das um die Papierrolle geschlungen war, öffnen und vorlesen. Wirklich, es war ein Brief vom Nikolaus. Er schrieb: „Das Beste, was ich euch schicke, ist die Zaubernuss. Sie liegt ganz oben im Korb, eingeklemmt zwischen drei Mandarinen, unter ihr liegt der Lebkuchen mit dem weißen Zuckerherz. Die Zaubernuss kann zaubern. Sie macht jeden, der sie verschenkt, froh. Sie macht jeden, der die bekommt, froh."

Plötzlich schaute keines der Kinder mehr auf sein Pult. Alle starrten auf den Korb, in dem alles durcheinander war. Ausgerechnet der Lebkuchen mit dem weißen Zuckerherz war zerbrochen.

Als die Lehrerin dann die Geschichte vom heiligen Nikolaus, der drei armen Mädchen hilft, vorlas, hörte kein einziges Kind zu. Immer noch starrten sie auf den runden, großen Korb und die Dinge, die daneben lagen. Und alle dachten dasselbe: Welches ist die Zaubernuss? Wie kann man sie erkennen?

Dann gab die Lehrerin jedem Kind eine Nuss. Und alle Kinder umklammerten ihre Nuss sofort mit der Hand. Sie schlossen ihre Hände so fest, dass die Nüsse warm wurden. Die Spitzen der Nüsse bohrten sich in die Handflächen der Kinder. Ein Mädchen hielt die Nuss an sein Ohr. Ein Junge roch an seiner Nuss und umschloss sie schnell wieder. Jedes Kind dachte: Ist meine Nuss die Zaubernuss? Wem würde ich sie schenken? Wen möchte ich froh machen?

Da stand das Mädchen, das allein in der hintersten Bank saß und sonst nie ein Wort sagte, mit einem Ruck auf. Es redete einfach, ohne dass es die Hand ausgestreckt hatte. Ja, es ging mit kleinen Schritten nach vorn zum Tisch der Lehrerin, während es redete. Es sagte deutlich – und so viel hatte es noch gar nie gesagt, weil es ein ganz scheues Kind war: „Vielleicht ist meine Nuss die Zaubernuss. Ganz vielleicht. Darum will ich Ihnen meine Nuss schenken. Ich möchte, dass Sie wieder froh werden."

Alle hatten gespannt zugehört und zugeschaut. Jetzt aber war es aus mit der Ruhe. Alle stürmten gleichzeitig nach vorn. 24 Nüsse lagen plötzlich auf dem Tisch. Die Lehrerin strich mit der Hand ihre Haare auf die Seite und alle sahen ihr Gesicht: Ja, sie lachte. Und darum lachten jetzt auch die Kinder wieder. Alle miteinander waren sehr froh.

„Doch welche Nuss ist jetzt die Zaubernuss?", fragte ein Kind. Niemand wusste es.

„Jede Nuss kann die Zaubernuss sein", sagte die Lehrerin. „Darum schenke ich jedem von euch eine Nuss zurück. Erst wenn ihr sie weiterschenkt, merkt ihr, wer die Zaubernuss gehabt hat."

Am nächsten Tag fragte die Lehrerin: „Wer von euch hatte nun die Zaubernuss?"

„Ich, ich, ich …", riefen alle Stimmen. Und jedes Kind erzählte, wie es seine Nuss sofort verschenkt hatte. Es erzählte, wie es ein anderes Kind, eine Frau oder einen Mann damit froh gemacht hatte – und wie es selbst dabei ganz froh und glücklich geworden war.

„Wer weiß, vielleicht hat uns der Nikolaus lauter Zaubernüsse geschenkt", sagte die Lehrerin. „Und wenn alle Zaubernüsse weiterwandern, von Hand zu Hand, wenn sie bis Weihnachten immer weiterverschenkt werden – vielleicht sind dann an Weihnachten alle Menschen der ganzen Stadt froh."

Da klatschte das Mädchen in der hintersten Bank in die Hände. Und die anderen Kinder klatschten mit.

Regine Schindler

Sag, Nikolaus

Nikolaus, ich wüsste gern:
Wohnst du auf einem fremden Stern?
Magst du alle Kinder leiden?
Darf ich dich einmal begleiten?
Sag mir, was du im Sommer machst
und ob du auch so gerne lachst.
Verrat mir, warst du auch mal klein?
Macht es dir Spaß, Nikolaus zu sein?
Warum wird dein Sack nie leer?
Und wo nimmst du die Gaben her?
Und eines ist mir auch nicht klar:
Dass es dich gibt, sag, ist doch wahr?

Elke Bräunling

Sankt Nikolaus

Vor langen, langen Jahren
in einem fernen Land,
lebt' einst ein heiliger Bischof,
Sankt Nikolaus genannt.
Er war geliebt von Groß und Klein,
denn alle wollte er erfreun,
und noch heut vom Himmel steigt er nieder,
beschenkt die guten Kinder wieder.

Überliefert

Die Geschichte vom beschenkten Nikolaus

Einmal kam der heilige Nikolaus am 6. Dezember zum kleinen Klaus. Er fragte ihn: „Bist du im letzten Jahr auch brav gewesen?"
Klaus antwortete: „Ja, fast immer."
Der Nikolaus sagte: „Kannst du mir auch ein schönes Gedicht aufsagen?"

„Lieber, guter Nikolaus,
du bist jetzt bei mir zu Haus,
bitte, leer die Taschen aus,
dann lass ich dich wieder raus."

Der Nikolaus sagte: „Das hast du schön gemacht." Er schenkte dem Klaus Äpfel, Nüsse, Mandarinen und Plätzchen.
„Danke", sagte Klaus.
„Auf Wiedersehen", sagte der Nikolaus. Er drehte sich um und wollte gehen.
„Halt", rief Klaus.
Der Nikolaus schaute sich erstaunt um: „Was ist?", fragte er.
Da sagte Klaus: „Und was ist mit dir? Warst du im letzten Jahr auch brav?"
„So ziemlich", antwortete der Nikolaus.
Da fragte Klaus: „Kannst du mir auch ein schönes Gedicht aufsagen?"
„Ja", sagte der Nikolaus.

„Liebes, gutes, braves Kind,
draußen geht ein kalter Wind,
koch mir einen Tee geschwind,
dass ich gut nach Hause find."

„Wird gemacht", sagte Klaus. Er kochte dem Nikolaus einen heißen Tee.
Der Nikolaus schlürfte ihn und aß dazu Plätzchen. Da wurde ihm schön warm. Als er fertig war, stand er auf und ging zur Türe.
„Danke für den Tee", sagte er freundlich.
„Bitte, gerne geschehen", sagte Klaus. „Und komm auch nächstes Jahr vorbei, dann beschenken wir uns wieder."
„Natürlich, kleiner Nikolaus", sagte der große Nikolaus und ging hinaus in die kalte Nacht.

Alfons Schweiggert

Zur Stille finden

Das wünschen wir uns,
dass wir in der Weihnachtszeit
zur Stille finden können.

Leicht ist das nicht in dieser hektischen Zeit.
Aber die Sehnsucht nach der Stille ist da.
Wir können es so machen wie die Hirten:
Innehalten, stehen bleiben.
Auf die Botschaft der Engel lauschen.
Das Kind in der Krippe anschauen.

Dann merken wir,
dass alles andere weniger wichtig wird.
Wir spüren etwas von dem Frieden,
den dieses Kind in die Welt
und in unser Leben bringen möchte.

Ruth Rau

Vom Büblein auf dem Eis

Gefroren hat es heuer
Noch gar kein festes Eis.
Das Büblein steht am Weiher
Und spricht so zu sich leis:
Ich will es einmal wagen,
Das Eis, es muss doch tragen,
Wer weiß?

Das Büblein stampft und hacket
Mit seinem Stiefelein.
Das Eis auf einmal knacket,
Und Krach! Schon brichts hinein!
Das Büblein platscht und krabbelt
Als wie ein Krebs und zappelt
Mit Schrein.
O helft, ich muss versinken
In lauter Eis und Schnee!
O helft, ich muss ertrinken
Im tiefen, tiefen See!
Wär nicht ein Mann gekommen,
Der sich ein Herz genommen,
O weh!

Der packt es bei dem Schopfe
Und zieht es dann heraus,
Vom Fuß bis zu dem Kopfe
Wie eine Wassermaus.
Das Büblein hat getropfet,
Der Vater hat's geklopfet
Zu Haus.

Friedrich Güll

Wachet auf, ruft uns die Stimme

„Wachet auf", ruft uns die Stimme
der Wächter sehr hoch auf der Zinne,
„wach auf, du Stadt Jerusalem."
Mitternacht heißt diese Stunde;
sie rufen uns mit hellem Munde:
„Wo seid ihr klugen Jungfrauen?
Wohlauf, der Bräutgam kommt;
steh auf, die Lampen nehmt.
Halleluja.
Macht euch bereit zu der Hochzeit,
ihr müsset ihm entgegengehn."

Zion hört die Wächter singen;
das Herz tut ihr vor Freude springen,
sie wachet und steht eilend auf.
Ihr Freund kommt vom Himmel prächtig,
von Gnaden stark, von Wahrheit mächtig;
ihr Licht wird hell, ihr Stern geht auf.
„Nun komm, du werte Kron,
Herr Jesu, Gottes Sohn.
Hosianna.
Wir folgen all zum Freudensaal
und halten mit das Abendmahl."

Gloria sei dir gesungen
mit Menschen- und mit Engelzungen,
mit Harfen und mit Zimbeln schön.
Von zwölf Perlen sind die Tore
an deiner Stadt; wir stehn im Chore
der Engel hoch um deinen Thron.
Kein Aug hat je gespürt,
kein Ohr hat je gehört
solche Freude.
Des jauchzen wir und singen dir
das Halleluja für und für.

Philipp Nicolai

Lucia, das Lichtmädchen

Vor langer, langer Zeit, ungefähr vor 1700 Jahren, lebte in der Stadt Syrakus ein reiches Ehepaar. Sie hatten eine Tochter mit Namen Lucia. Und Lucia war ein hübsches, freundliches und lustiges Mädchen. Alle Leute mochten sie gern.

Eines Tages bekam Lucia ein großes Problem. Die Eltern suchten einen Mann für sie aus. Lucia fragten sie erst gar nicht, ob es ihr auch recht wäre. Denn damals war das gar nicht üblich. Aber Lucia hatte ganz andere Pläne. Sie wollte überhaupt nicht heiraten. Sie hatte von Jesus Christus gehört. Sie war so begeistert davon, wie er den Menschen die Liebe Gottes gezeigt hatte, dass sie nun selber Christin werden wollte. Aber das war eben auch ihr großes Problem. Lucia lebte nämlich in einem Land, das vom römischen Kaiser beherrscht wurde. Und der ließ die Christen durch seine Soldaten grausam verfolgen und töten.

Doch Lucia war hartnäckig. „Ich will wie Jesus leben", sagte sie. „Da, wo ich lebe, da soll es hell werden in der Welt. Es gibt so viele Einsame, Kranke und Obdachlose in unserer Stadt. Die müssen doch denken, Gott hätte sie im Stich gelassen. Ich will ihnen zumindest ein ganz kleines Licht in der Dunkelheit sein, damit sie nicht verzweifeln."

Aber ihre Eltern wollten nichts davon wissen. Da wurde Lucia traurig. Sie saß oft da und lauschte nach innen. Sie liebte es immer mehr, einfach so still dazusitzen. Sie wartete auf die Gottesstimme in ihrem Herzen.

Eines Tages wurde Lucias Mutter schwer krank. Voller Zärtlichkeit und in großer Sorge betete Lucia für sie. Da war es ihr, als hörte sie eine Stimme, die sagte: „Dein Vertrauen zu mir ist so stark, dass die Dinge sich bald ändern und deine Mutter gesund wird."

Als die Mutter tatsächlich gesund geworden war, bat Lucia erneut: „Mutter, lass mich gehen. So wie ich dir geholfen habe, muss ich auch anderen Menschen helfen. Ich weiß es, das ist meine Aufgabe. Viele Menschen brauchen mich. Es leben mehr arme als reiche Menschen in unserer Stadt. Ich bitte dich, mir all die schönen und wertvollen Sachen zu geben, die ihr mir für meine Hochzeit ausgesucht habt. Ich will sie verkaufen. Dann kann ich einiges bei den Armen ändern." Endlich bekam Lucia ihren Willen. Alles wäre nun gut gewesen, wenn nicht ihr Bräutigam erfahren hätte, dass sie Christin geworden war und ihn nicht heiraten wollte. Voller Wut und Hass ließ er Lucia zum Richter des Kaisers bringen. Der fragte sie: „Bist du eine Christin?" Lucia antwortete: „Ja, ich bin eine Christin. Ich will die Liebe Gottes zu den Menschen dieser Stadt bringen." Der Richter verurteilte sie zum Tode und ließ ein Feuer um sie herum anzünden. Aber es war wie ein Wunder: Die Flammen kamen nicht an sie heran. Da wurde sie mit dem Schwert umgebracht. So starb Lucia im Schein des Feuers. Die Menschen in der Stadt Syrakus konnten sie nicht vergessen, besonders nicht die Obdachlosen, Hungernden und Kranken. Manche Bewohner von Syrakus waren auch sehr nachdenklich geworden und sagten: „Lucia war ein leuchtendes Vorbild für uns. Wir müssen ihre Arbeit fortsetzen."

Jedes Jahr im Advent feiern nun Menschen auf der ganzen Welt Lucia als ein Lichtmädchen, das uns auf das helle, strahlende Weihnachtslicht vorbereiten will.

Lucias Licht ist nie erloschen. Ihre Geschichte wurde immer neu erzählt, bis auf den heutigen Tag. An manchen Orten zünden die Leute Kerzen an. Sie denken an das junge Mädchen, das da sein wollte für alle, die Hilfe brauchten.

Hermine König

Gesegnetes Licht

Segen sei mit dir,
der Segen des strahlenden Lichts,
Licht um dich her und innen im Herzen.

Sonnenschein leuchte dir
und erwärme dein Herz,
bis es zu glühen beginnt wie ein
großes Torffeuer,
zu dem der Fremde tritt, sich daran
zu wärmen,
und der Freund.

Aus deinen Augen strahle gesegnetes Licht
wie zwei Kerzen in den Fenstern
eines Hauses,
die den Wanderer einladen,
Schutz zu suchen dort drinnen
vor der stürmischen Nacht.
Wen du auch triffst,
wenn du über die Straße gehst,
ein freundlicher Blick von dir möge
ihn treffen.

Irischer Segenswunsch

Die Geschichte von der Weihnachtsmaus

Die Weihnachtsmaus ist sonderbar
(sogar für die Gelehrten),
denn einmal nur im ganzen Jahr
entdeckt man ihre Fährten.

Mit Fallen oder Rattengift
kann man die Maus nicht fangen.
Sie ist, was diesen Punkt betrifft,
noch nie ins Garn gegangen.

Das ganze Jahr macht diese Maus
den Menschen keine Plage.
Doch plötzlich aus dem Loch heraus
kriecht sie am Weihnachtstage.

Zum Beispiel war vom Festgebäck,
das Mutter gut verborgen,
mit einem Mal das Beste weg
am ersten Weihnachtsmorgen.

Da sagte jeder rundheraus:
Ich hab es nicht genommen!
Es war bestimmt die Weihnachtsmaus,
die über Nacht gekommen.

Ein andres Mal verschwand sogar
das Marzipan von Peter,
was seltsam und erstaunlich war,
denn niemand fand es später.

Der Christian rief rundheraus:
Ich hab es nicht genommen!
Es war bestimmt die Weihnachtsmaus,
die über Nacht gekommen.

Ein drittes Mal verschwand vom Baum,
an dem die Kugeln hingen,
ein Weihnachtsmann aus Eierschaum
nebst andern leckren Dingen.

Die Nelly sagte rundheraus:
Ich habe nichts genommen!
Es war bestimmt die Weihnachtsmaus,
die über Nacht gekommen.

Und Ernst und Hans und der Papa,
die riefen: Welche Plage!
Die böse Maus ist wieder da,
und just am Feiertage!

Nur Mutter sprach kein Klagewort.
Sie sagte unumwunden:
Sind erst die Süßigkeiten fort,
ist auch die Maus verschwunden!

Und wirklich wahr:
Die Maus blieb weg,
sobald der Baum geleert war,
sobald das letzte Festgebäck
gegessen und verzehrt war.

Sagt jemand nun, bei ihm zu Haus –
bei Fränzchen oder Lieschen –,
da gäb es keine Weihnachtsmaus,
dann zweifle ich ein bisschen!

Doch sag ich nichts, was jemand kränkt!
Das könnte euch so passen!
Was man von Weihnachtsmäusen denkt,
bleibt jedem überlassen!

James Krüss

Wenn es endlich schneit

Wisst ihr, wenn es endlich schneit,
dann ist Weihnachten nicht weit.
Wenn Frau Holle Betten schüttelt
und die Wolkenkissen rüttelt,
bis der Schnee auf unsre Welt
und auf mich herunterfällt.

Holt jetzt schnell den Schlitten raus
und lauft in den Schnee hinaus
und fahrt frohgemut und munter
dann vom Berg ins Tal hinunter.
Zieht ihn auf den Berg hinauf
und dann setzt euch wieder drauf!

Jedes Dach auf jedem Haus
sieht wie weiß gepudert aus.
Und sogar die Kirchturmspitze
hat jetzt eine weiße Mütze.
Wisst ihr, wenn es endlich schneit,
dann ist Weihnachten nicht weit.

Rolf Krenzer

Das Wunder der Heiligen Nacht

Die Geburt Jesu

In jenen Tagen erließ Kaiser Augustus den Befehl, alle Bewohner des Reiches in Steuerlisten einzutragen. 2 Dies geschah zum ersten Mal; damals war Quirinius Statthalter von Syrien. 3 Da ging jeder in seine Stadt, um sich eintragen zu lassen. 4 So zog auch Josef von der Stadt Nazaret in Galiläa hinauf nach Judäa in die Stadt Davids, die Betlehem heißt; denn er war aus dem Haus und Geschlecht Davids. 5 Er wollte sich eintragen lassen mit Maria, seiner Verlobten, die ein Kind erwartete. 6 Als sie dort waren, kam für Maria die Zeit ihrer Niederkunft, 7 und sie gebar ihren Sohn, den Erstgeborenen. Sie wickelte ihn in Windeln und legte ihn in eine Krippe, weil in der Herberge kein Platz für sie war. 8 In jener Gegend lagerten Hirten auf freiem Feld und hielten Nachtwache bei ihrer Herde. 9 Da trat der Engel des Herrn zu ihnen und der Glanz des Herrn umstrahlte sie. Sie fürchteten sich sehr, 10 der Engel aber sagte zu ihnen: Fürchtet euch nicht, denn ich verkünde euch eine große Freude, die dem ganzen Volk zuteilwerden soll: 11 Heute ist euch in der Stadt Davids der Retter geboren; er ist der Messias, der Herr. 12 Und das soll euch als Zeichen dienen: Ihr werdet ein Kind finden, das, in Windeln gewickelt, in einer Krippe liegt. 13 Und plötzlich war bei dem Engel ein großes himmlisches Heer, das Gott lobte und sprach: 14 Verherrlicht ist Gott in der Höhe / und auf Erden ist Friede / bei den Menschen seiner Gnade. 15 Als die Engel sie verlassen hatten und in den Himmel zurückgekehrt waren, sagten die Hirten zueinander: Kommt, wir gehen nach Betlehem, um das Ereignis zu sehen, das uns der Herr verkünden ließ. 16 So eilten sie hin und fanden Maria und Josef und das Kind, das in der Krippe lag. 17 Als sie es sahen, erzählten sie, was ihnen über dieses Kind gesagt worden war. 18 Und alle, die es hörten, staunten über die Worte der Hirten. 19 Maria aber bewahrte alles, was geschehen war, in ihrem Herzen und dachte darüber nach. 20 Die Hirten kehrten zurück, rühmten Gott und priesen ihn für das, was sie gehört und gesehen hatten; denn alles war so gewesen, wie es ihnen gesagt worden war.

Lukasevangelium 2,1–20

Alle Jahre wieder

Alle Jahre wieder
kommt das Christuskind
auf die Erde nieder,
wo wir Menschen sind.

Kehrt mit seinem Segen
ein in jedes Haus.
Geht auf allen Wegen
mit uns ein und aus.

Steht auch mir zur Seite
still und unerkannt,
dass es treu dich leite
an der lieben Hand.

Wilhelm Hey

Der Einfall Gottes

Augenscheinlich:
Ein **Fall** unter vielen
Alltäglich – doch Wunder,
Menschwerdung eines Kindes
Einfall Gottes in die Welt
In die Vielfalt
Genialer **Einfall**
Kein blinder **Zufall**
Kein **Zwischenfall**
Wohl **Hoffnungsfall**
Gott fällt in die Welt ein
Nicht mit Gewalt
Nicht mit Pauken und Trompeten
Nicht im Glanz des Goldes
Als Kind
Testfall der Liebe
Gott zeigt sein Gesicht
Doch
Menschen halten IHN nicht aus
Verfall der Wahrheit
Rückfall in die Unmenschlichkeit der Macht
Ausfall der Liebe

Der **Einfall** Gottes wird zum **Fallbeispiel**
Zum **Fall** der **Fälle**
Zum **Kriminalfall**
ER fällt unter dem Kreuz
Trauerfall
Kein **Unfall**
Mordfall
Fall der **Fälle** – **Abfall** vom wahren Glauben?
Fällt ins Totenreich
Nicht ins Bodenlose
Wird im **Fallen** aufgefangen
„Vater in deine Hände."
ER löst den **Fall** – Erlösung
Aufstand für das Leben
Auferweckung aus Liebe
Durch den Tod mitten ins Leben
Der **Trauerfall** wird zum **Glücksfall**
Zum **Fall** der **Fälle**
Für uns
Mensch – Werdung
Kein **Zufall**
Kein **Zwischenfall**
Einfall Gottes
Einheit in Vielfalt
Testfall der Liebe

Georg Austen

Wo gibt es heut noch Frieden?

Wo gibt es heut noch Sterne,
die wie ein Kompass sind?
Wo gibt es heut Kometen,
die lenken hin zum Kind?

Wo gibt es heut noch Engel,
die in den Lüften sind,
die singen, jauchzen, loben
und künden uns vom Kind?

Wo gibt es heut noch Weise,
die auf der Reise sind,
die keine Mühsal scheuen
auf ihrem Weg zum Kind?

Wo gibt es heut noch Hirten,
die auf dem Felde sind,
verlassen ihre Herde
und ziehen hin zum Kind?

Wo gibt es heut noch Frieden?
So fang doch damit an!
In deinem Haus,
in deiner Stadt,
dann wär' schon viel getan!

Barbara Cratzius

Der Weihnachtsnarr

Im Morgenland lebte vor zweitausend Jahren ein junger Narr. Und wie jeder Narr sehnte er sich danach, weise zu werden. Er liebte die Sonne und wurde nicht müde, sie zu betrachten und über die Unendlichkeit des Himmels zu staunen.

Und so geschah es, dass in der gleichen Nacht nicht nur die Könige Kaspar, Melchior und Balthasar den neuen Stern entdecken, sondern auch der Narr. „Der Stern ist heller als alle anderen", dachte er. „Es ist ein Königsstern. Ein neuer Herrscher ist geboren. Ich will ihm meine Dienste anbieten, denn jeder König braucht auch einen Narren. Ich will mich aufmachen und ihn suchen. Der Stern wird mich führen." Lange dachte er nach, was er dem König mitbringen könne. Aber außer seiner Narrenkappe, seinem Glockenspiel und seiner Blume besaß er nichts, was ihm lieb war.

So wanderte er davon, die Narrenkappe auf dem Kopf, das Glockenspiel in der einen und die Blume in der andern Hand. In der ersten Nacht führte ihn der Stern zu einer Hütte. Dort begegnete er einem Kind, das gelähmt war. Es weinte, weil es nicht mit den anderen Kindern spielen konnte. „Ach", dachte der Narr, „ich will dem Kind meine Narrenkappe schenken. Es braucht die Narrenkappe mehr als ein König." Das Kind setzte sich die Narrenkappe auf den Kopf und lachte vor Freude. Das war dem Narr Dank genug.

In der zweiten Nacht führte ihn der Stern zu einem Palast. Dort begegnete er einem Kind, das blind war. Es weinte, weil es die andern Kinder nicht sehen konnte. Ach, dachte der Narr, ich will dem Kind mein Glockenspiel schenken. Es braucht das Glockenspiel mehr als ein König. Das Kind ließ das Glockenspiel ertönen und lachte vor Freude. Das war dem Narr Dank genug.

In der dritten Nacht führte ihn der Stern zu einem Schloss. Dort begegnete er einem Kind, das taub war.

Es weinte, weil es die andern Kinder nicht hören konnte. „Ach", dachte der Narr, „ich will dem Kind meine Blume schenken. Es braucht die Blume mehr als ein König." Das Kind betrachtete die Blume und lachte vor Freude. Das war dem Narr Dank genug.

„Nun bleibt mir nichts mehr, was ich dem neuen König mitbringen könnte. Es ist wohl besser, wenn ich umkehre."

Aber als der Narr zum Himmel emporschaute, stand der Stern still und leuchtete heller als

Werde still und staune

sonst. Da fand er den Weg zu einem Stall mitten auf dem Feld. Vor dem Stall begegnete er drei Königen und einer Schar Hirten. Auch sie suchten den neuen König. Er lag in einer Krippe, war ein Kind, arm und bloß. Maria, die eine frische Windel übers Stroh breiten wollte, schaute hilfesuchend um sich. Sie wusste nicht, wo sie das Kind hinlegen sollte.

Josef fütterte den Esel, und alle anderen waren mit Geschenken beladen. Die drei Könige mit Gold, Weihrauch und Myrrhe, die Hirten mit Wolle, mit Milch und Brot. Nur der Narr stand da mit leeren Händen. Voll Vertrauen legte Maria das Kind auf seine Arme. Er hatte den König gefunden, dem er in Zukunft dienen wollte.

Und er wusste auch, dass er seine Narrenkappe, sein Glockenspiel und seine Blume für dieses Kind hingegeben hatte, das ihm nun mit seinem Lächeln die Weisheit schenkte, nach der er sich sehnte.

Max Bolliger

Werde still und staune:
Gott ist Erdenkind.
Eine neue Zeit beginnt,
und der Stern singt Freude.

Werde froh und hoffe:
Gott will mit uns sein.
Alle Menschen lädt er ein,
und der Stern singt Liebe.

Werde neu und liebe:
Gott will Retter sein,
uns von Schuld und Angst befrein,
und der Stern singt Friede.

Christa Peikert-Flaspöhler

Ein kleiner Stern

Ein kleiner Stern ist aufgewacht.
Er leuchtet durch die dunkle Nacht,
weist dir den Weg, zeigt dir, dass einer,
zeigt dir, dass einer mit dir geht.

Siehst du den Stern am Himmel stehn?
Sie, wie er leuchtet, hell und schön.
Er blinkt dir zu, schenkt dir sein Strahlen,
schenkt dir sein Strahlen immerzu.

Hörst du den Stern, was er dir sagt?
Gott ist ganz nah an jedem Tag.
Er macht dir Mut, ist immer bei dir,
ist immer bei dir und dir gut.

Folge dem Stern, er kennt den Weg.
Führt dich zur Krippe, wo er steht.
Zeigt dir den Herrn, der dir heut sagt,
der dir heut sagt: Ich hab dich gern!

Wenn du das Kind im Stall gesehn,
wirst du beschenkt jetzt weitergehn.
Bei Tag und Nacht gibt unser Gott,
gibt unser Gott ja auf dich Acht.

Robert Haas

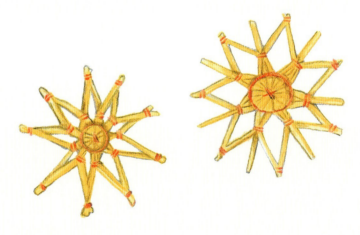

Der Strohstern des kleinen Hirtenjungen

Als die Engel den Hirten auf den Weiden von Betlehem die Geburt des Jesuskindes verkündet hatten, machten sie sich sofort auf den Weg. Unter ihnen war auch ein kleiner Hirtenjunge. Im Stall stand er dann ganz lange vor der Krippe mit dem Kind und staunte darüber, wie die sonst so rauen Hirten ganz still und leise waren.

Auf dem Heimweg überlegten die Hirten, was sie dem Kind am nächsten Tag alles bringen wollten. „Da fehlt alles", sagte der erste, „ich melke das Mutterschaf und bringe frische Milch." „Ich habe noch ein gutes Stück Schafskäse für die junge Mutter", meinte ein anderer. „Ich könnte einen Topf Fett entbehren", überlegte wieder ein anderer. „Mehl fehlt wahrscheinlich auch, und Feigen habe ich noch."

So überlegten sie hin und her. Der kleine Hirtenjunge hörte das alles und konnte sich gar nicht freuen. Er hatte nichts zum Schenken. Da brauchte er morgen erst gar nicht mitzugehen.

Aber das Kind in der Krippe hatte ihn doch so angelächelt, als hätte es sagen wollen: „Komm morgen wieder, ich warte auf dich."

Abends lag er auf seinem Strohbündel und konnte nicht einschlafen. Immer musste er an das Kind in der Futterkrippe denken. Durch das kleine Fenster in der Hütte leuchtete der neue große Stern auf das Strohlager. Die einzelnen Strohhalme leuchteten hell auf. „Ja, du lieber Stern", flüsterte der Hirtenjunge, „du hast mir einen Tipp gegeben: Ich will dem Kind einen Stern aus Stroh schenken." Leise und behutsam, damit niemand aufwachte, schnitt er mit seinem Messer ein paar Halme zurecht und legte sie quer übereinander, sodass ein schöner Stern entstand. Mit einem Wollfaden knotete er ihn fest. Er hielt ihn ins Sternenlicht und freute sich.

Der kleine Hirtenjunge konnte es kaum erwarten, bis er mit den Hirten am nächsten Tag das Kind im Stall besuchen konnte. Und siehe da – das Kind hielt den Stern fest. Es lächelte den Hirtenjungen dankbar an. Der wäre am liebsten vor Freude in die Luft gesprungen.

Verfasser unbekannt

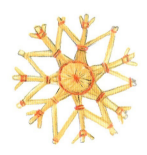

47

Weihnachten von A bis Z

… ach, am Abend Äpfel braten, backen,
basteln, Christbaumschmuck!
Durch die Dämmrung eilen Engel,
Esel, Eisbärn, einsam frierend.

Fette Gänse gackern herdwärts,
heimlich im Innern ist jedermann jung,
jauchzet, jubelt, jonglieret Kometen,
knistert, knetet, knabbert Konfekt.

Kinder lassen Lichter leuchten,
lauschen Liedern, lesen lange;
mollige Mädchen mahlen Mandeln,
mischen Mehl mit Marzipan.

Mit Naschwerk nahet nächstens Niklas,
netten Nachbarn, Neffen, Nichten,
Nüsse, Nougat offerierend.
Onkel, Omas packen Päckchen,

pralle Postgebäude platzen,
Paten plündern Portemonnaies,
pfänden Perlen, Pelz, Paläste –
Quanti-, Quali-, Raritäten!

Rastlos rennen Rauschgoldengel,
Schneemann, Söhne, Schwiegermütter,
Tanten, Tannen und Verwandte,
Väter, Vettern, Weihnachtsmänner.

Wünsche werden wieder wahr,
weiße Weihnacht, X-mas, yeah!
Zwischen zerdrückten Zuckerplätzchen
zuletzt Zweifel, Zahnweh – ach …

Rotraut Susanne Berner

Sollte es das Christkind gewesen sein?

Es war einmal eine gute Frau, die sich an Weihnachten eine Ehre daraus machte, arme Kinder zu beschenken. Schon lange vor dem Fest fing sie an, Kuchen zu backen, um sie in der Kirche vor der Krippe zu verteilen. Als sie mit ihrer Arbeit fertig war, erfüllte ein herrlicher Duft das Haus und drang bis auf die Straße hinaus. In Reih und Glied standen die Kuchen auf einem langen Tisch. Ihr Anblick erfüllte die Frau mit Stolz und Freude. Da klopfte es plötzlich an der Tür. Vor der Tür stand ein fremdes Kind und schaute sie bittend an. „Gibst du mir einen Kuchen?", fragte es. Aber es reute die gute Frau, einen der Kuchen jetzt schon wegzugeben.

„Wo denkst du hin!", sagte sie. „Weihnachten ist erst in einer Woche!" – „Weihnachten ist heute", sagte das Kind. Doch die gute Frau dachte an nichts anderes, als das Kind wolle mit List einen ihrer Kuchen ergattern. Sie wies ihm streng die Tür. Am Heiligabend packte sie die Kuchen ein. Als sie dann damit in die Kirche kam, sah sie den Pfarrer und den Küster aufgeregt vor der Krippe stehen. Sie war leer. Da erinnerte sich die Frau an das fremde Kind und erschrak. Sollte es das Christkind gewesen sein?

Max Bolliger

Zum Christkindchen

Was soll uns das Christkindchen bringen?
Das Beste von allen Dingen!
Doch was mag das sein?
Ist's Atlas und Seide
Und Gold und Geschmeide
Und Edelgestein?
Lasst den Christbaum uns fragen,
Der soll es uns sagen:
Vor allem ein Herz, das zu Gott sich erhebt,
Das stets wie die Tanne nach oben strebt,
Einen Glauben, der fest,
Von Gott nicht lässt.
Eine Hoffnung, die grün und frisch
sich erhält,
Wenn auf sie auch der Schnee
der Prüfung fällt,

Die wie die Tanne zur Winterzeit
Fortgrünt unter jeglichem Kreuz und Leid.
Eine Liebe dann, die in allen Herzen
Viel lichter noch brennt als alle die Kerzen,
Die an Weihnachtstagen
Die Christbäume tragen;
Und Eintracht und Frieden, wie wir sie sehn
Bei denen, die um die Christbäume stehn,
Mit einem Wort, was dem Christen wert,
Was den Christen ziert und vollkommen
ihn macht,
Das werde vom Christkindchen
allen gebracht,
Das werde dem Ärmsten, auch mir beschert.

Adolph Kolping

Kaschubisches Weihnachtslied

Wärst du, Kindchen, im Kaschubenlande,
wärst du, Kindchen, doch bei uns geboren!
Sieh, du hättest nicht auf Heu gelegen,
wärst auf Daunen weich gebettet worden.

Nimmer wärst du in den Stall gekommen,
dicht am Ofen stünde warm dein Bettchen,
der Herr Pfarrer käme selbst gelaufen,
dich und deine Mutter zu verehren.

Kindchen, wie wir dich gekleidet hätten!
Müsstest eine Schaffellmütze tragen,
blauen Mantel von kaschubischem Tuche,
pelzgefüttert und mit Bänderschleifen.

Hätten dir den eig'nen Gurt gegeben,
rote Schuhchen für die kleinen Füße,
fest und blank mit Nägelchen beschlagen!
Kindchen, wie wir dich gekleidet hätten!

Kindchen, wie wir dich gefüttert hätten,
früh am Morgen weißes Brot mit Honig,
frische Butter, wunderweiches Schmorfleisch,
mittags Gerstengrütze, gelbe Tunke,

Gänsefleisch und Kuttelfleck mit Ingwer,
fette Wurst und goldnen Eierkuchen,
Krug um Krug das starke Bier aus Putzig!
Kindchen, wie wir dich gefüttert hätten!

Und wie wir das Herz dir schenken wollten!
Sieh, wir wären alle fromm geworden,
alle Knie würden sich dir beugen,
alle Füße Himmelswege gehen.

Niemals würde eine Scheune brennen,
sonntags nie ein trunkner Schädel bluten –,
wärst du, Kindchen, im Kaschubenlande,
wärst du, Kindchen, doch bei uns geboren!

Werner Bergengruen

Wo man Geschenke verstecken kann

Im Keller hinter Kartoffelkisten,
im Schreibtisch zwischen Computerlisten,
in alten verstaubten Bauerntruhen,
in ausgelatschten Wanderschuhen,
auf Wohnzimmerschränken, in Blumenvasen,
ja, selbst in Bäuchen von flauschigen Hasen,
in Einzelsocken, ohne Loch,
und eine Möglichkeit wäre noch,
das Geschenk unter die Matratze zu legen.
Das ist nicht so gut der Bequemlichkeit wegen.
Der Toilettenspülkasten eignet sich nicht,
denn welches Geschenk ist schon wasserdicht.
Ob sperrig, ob handlich, ob groß oder klein:
Geschenkeverstecken muss einfach sein.
Das einzig Schwierige ist,
dass man das Versteck so leicht vergisst.

Regina Schwarz

Die Heilige Nacht

Als ich fünf Jahre alt war, hatte ich einen großen Kummer. Ich weiß kaum, ob ich seitdem einen größeren gehabt habe. Das war, als meine Großmutter starb. Bis dahin hatte sie jeden Tag auf dem Ecksofa in ihrer Stube gesessen und Märchen erzählt. Ich weiß es nicht anders, als dass Großmutter dasaß und erzählte, vom Morgen bis zum Abend, und wir Kinder saßen still neben ihr und hörten zu. Das war ein herrliches Leben. Es gab keine Kinder, denen es so gut ging wie uns. Ich erinnere mich nicht mehr an sehr viel von meiner Großmutter. Ich erinnere mich, dass sie schönes, kreideweißes Haar hatte und dass sie sehr gebückt ging und dass sie immer dasaß und an einem Strumpf strickte. Daran erinnere ich mich auch, dass sie, wenn sie Märchen erzählt hatte, ihre Hand auf meinen Kopf zu legen pflegte, und dann sagte sie: „Und das alles ist wahr, wie dass ich dich sehe und du mich siehst." Ich entsinne mich auch, dass sie schöne Lieder singen konnte, aber das tat sie nicht alle Tage. Eines dieser Lieder handelte von einem Ritter und einer Meerjungfrau und es hatte den Kehrreim: „Es weht so kalt, es weht so kalt wohl über die weite See." Dann entsinne ich mich eines kleinen Gebets, das sie mich lehrte, und eines Psalmverses. Von allen den Geschichten, die sie mir erzählte, habe ich nur eine schwache, unklare Erinnerung. Nur an eine einzige von ihnen erinnere ich mich noch so gut, dass ich sie erzählen könnte. Es ist eine kleine Geschichte von Jesu Geburt. Seht, das ist beinahe alles, was ich noch von meiner Großmutter weiß, außer dem, woran ich mich am besten erinnere, nämlich an den großen Schmerz, als sie dahinging. Ich erinnere mich an den Morgen, an dem das Ecksofa leer stand und es unmöglich war zu begreifen, wie die Stunden des Tages zu Ende gehen sollten. Daran erinnere ich mich. Das vergesse ich nie. Und ich erinnere mich, dass wir Kinder hingeführt wurden, um die Hand der Toten zu küssen. Und wir hatten Angst, es zu tun, aber da sagte uns jemand, dass wir nun zum letzten Mal Großmutter für all die Freude danken könnten, die sie uns gebracht hatte. Und ich erinnere mich, wie Märchen und Lieder vom Hause wegfuhren, in einen langen schwarzen Sarg gepackt, und niemals wiederkamen. Ich erinnere mich, dass etwas aus dem Leben verschwunden war. Es war, als hätte sich die Tür zu einer ganzen schönen, verzauberten Welt geschlossen, in der wir früher frei ein- und ausgehen durften. Und nun gab es niemand mehr, der sich darauf verstand, diese Tür zu öffnen. Und ich erinnere mich, dass wir Kinder so allmählich lernten, mit Spielzeug und Puppen zu spielen und zu leben wie andere Kinder auch, und da konnte es ja den Anschein haben, als vermissten wir Großmutter nicht mehr, als erinnerten wir uns nicht mehr an sie. Aber noch heute, nach vierzig Jahren, wie ich dasitze und die Legenden über Christus sammle, die ich drüben im Morgenland gehört habe, wacht die kleine Geschichte von Jesu Geburt, die meine Großmutter zu erzählen pflegte, in mir auf. Und ich bekomme Lust, sie noch einmal zu erzählen und sie auch in meine Sammlung mit aufzunehmen.

Es war an einem Weihnachtstag, alle waren zur Kirche gefahren, außer Großmutter und mir. Ich glaube, wir beide waren im ganzen Hause allein. Wir hatten nicht mitfahren können, weil die eine zu jung und die andere zu alt war. Und alle beide waren wir betrübt, dass wir nicht zum Mettegesang fahren und die Weihnachtslichter sehen konnten. Aber wie wir so in unserer Einsamkeit saßen, fing Großmutter zu erzählen an. „Es war einmal ein Mann", sagte sie, „der in die dunkle Nacht hinausging, um sich Feuer zu leihen. Er ging von Haus zu Haus und klopfte an. ,Ihr lieben Leute, helft mir', sagte er. ,Mein Weib hat eben ein Kindlein geboren und ich muss Feuer anzünden, um sie und den Kleinen zu erwärmen.' Aber es war tiefe Nacht, sodass alle Menschen schliefen, und niemand antwortete ihm. Der

Mann ging und ging. Endlich erblickte er in weiter Ferne einen Feuerschein. Da wanderte er dieser Richtung zu und sah, dass das Feuer im Freien brannte. Eine Menge weiße Schafe lagen rings um das Feuer und schliefen, und ein alter Hirt wachte über der Herde.

Als der Mann, der Feuer leihen wollte, zu den Schafen kam, sah er, dass drei große Hunde zu Füßen des Hirten ruhten und schliefen. Sie erwachten alle drei bei seinem Kommen und sperrten ihre weiten Rachen auf, als ob sie bellen wollten, aber man vernahm keinen Laut. Der Mann sah, dass sich die Haare auf ihrem Rücken sträubten, er sah, wie ihre scharfen Zähne funkelnd weiß im Feuerschein leuchteten und wie sie auf ihn losstürzten. Er fühlte, dass einer von ihnen nach seinen Beinen schnappte und einer nach seiner Hand und dass einer sich an seine Kehle hängte. Aber die Kinnladen und die Zähne, mit denen die Hunde beißen wollten, gehorchten ihnen nicht, und der Mann litt nicht den kleinsten Schaden. Nun wollte der Mann weitergehen, um das zu finden, was er brauchte. Aber die Schafe lagen so dicht nebeneinander, Rücken an Rücken, dass er nicht vorwärtskommen konnte. Da stieg der Mann auf die Rücken der Tiere und wanderte über sie hin dem Feuer zu. Und keins von den Tieren wachte auf oder regte sich." So weit hatte Großmutter ungestört erzählen können, aber nun konnte ich es nicht lassen, sie zu unterbrechen. „Warum regten sie sich nicht,

Großmutter", fragte ich. „Das wirst du nach einem Weilchen schon erfahren", sagte Großmutter und fuhr mit ihrer Geschichte fort.

„Als der Mann fast beim Feuer angelangt war, sah der Hirt auf. Es war ein alter, mürrischer Mann, der unwirsch und hart gegen alle Menschen war. Und als er einen Fremden kommen sah, griff er nach einem langen, spitzigen Stabe, den er in der Hand zu halten pflegte, wenn er seine Herde hütete, und warf ihn nach ihm. Und der Stab fuhr zischend gerade auf den Mann los, aber ehe er ihn traf, wich er zur Seite und sauste an ihm vorbei, weit über das Feld." Als Großmutter so weit gekommen war, unterbrach ich sie abermals. „Großmutter, warum wollte der Stock den Mann nicht schlagen?" Aber Großmutter ließ es sich nicht einfallen, mir zu antworten, sondern fuhr mit ihrer Erzählung fort. „Nun kam der Mann zu dem Hirten und sagte zu ihm: ‚Guter Freund, hilf mir und leih mir ein wenig Feuer. Mein Weib hat eben ein Kindlein geboren, und ich muss Feuer machen, um sie und den Kleinen zu erwärmen.' Der Hirt hätte am liebsten Nein gesagt, aber als er daran dachte, dass die Hunde dem Manne nicht hatten schaden können, dass die Schafe nicht vor ihm davongelaufen waren und dass sein Stab ihn nicht fällen wollte, da wurde ihm ein wenig bange, und er wagte es nicht, dem Fremden das abzuschlagen, was er begehrte. ‚Nimm, soviel du brauchst', sagte er zu dem Manne.

Aber das Feuer war beinahe ausgebrannt. Es waren keine Scheite und Zweige mehr übrig, sondern nur ein großer Gluthaufen, und der Fremde hatte weder Schaufel noch Eimer, worin er die roten Kohlen hätte tragen können. Als der Hirt dies sah, sagte er abermals: ‚Nimm, soviel du brauchst.' Und er freute sich, dass der Mann kein Feuer wegtragen konnte. Aber der Mann beugte sich hinunter, holte die Kohlen mit bloßen Händen aus der Asche und legte sie in seinen Mantel. Und weder versengten die Kohlen seine Hände, als er sie berührte, noch versengten sie seinen Mantel, sondern der Mann trug sie fort, als wenn es Nüsse oder Äpfel gewesen wären." Aber hier wurde die Märchenerzählerin zum dritten Mal unterbrochen. „Großmutter, warum wollte die Kohle den Mann nicht brennen?"

„Das wirst du schon hören", sagte Großmutter, und dann erzählte sie weiter. „Als dieser Hirt, der ein so böser, mürrischer Mann war, dies alles sah, begann er sich bei sich selbst zu wundern. Er rief den Fremden zurück und sagte zu ihm: ‚Was ist dies für eine Nacht? Und woher kommt es, dass alle Dinge dir Barmherzigkeit zeigen?' Da sagte der Mann: ‚Ich kann es dir nicht sagen, wenn du es selber nicht siehst.' Und er wollte seiner Wege gehen, um bald ein Feuer anzuzünden und Weib und Kind wärmen zu können. Aber da dachte der Hirt, er wolle den Mann nicht ganz aus dem Gesicht verlieren, bevor er erfahren hätte, was dies alles bedeute. Er stand auf und ging ihm nach, bis er dorthin kam, wo der Fremde daheim war. Da sah der Hirt, dass der Mann nicht einmal eine Hütte hatte, um darin zu wohnen, sondern er hatte sein Weib und sein Kind in einer Berggrotte liegen, wo es nichts gab als nackte, kalte Steinwände. Aber der Hirt dachte, dass das arme unschuldige Kindlein vielleicht dort in der Grotte erfrieren würde, und obgleich er ein harter Mann war, wurde er davon doch ergriffen und beschloss, dem Kinde zu helfen. Und er löste sein Ränzel von der Schulter und nahm daraus ein weiches, weißes Schaffell hervor. Das gab er dem fremden Manne und sagte, er möge das Kind darauf betten.

Aber in demselben Augenblick, in dem er zeigte, dass auch er barmherzig sein konnte, wurden ihm die Augen geöffnet, und er sah, was er vorher nicht hatte sehen, und hörte, was er vorher nicht hatte hören können. Er sah, dass rund um ihn ein dichter Kreis von kleinen, silberbeflügelten Englein stand. Und jedes von ihnen hielt ein Saitenspiel in der Hand, und alle sangen sie mit lauter Stimme, dass in dieser Nacht der Heiland geboren wäre, der die Welt von ihren Sünden erlösen solle. Da begriff er, warum in dieser Nacht alle Dinge so froh waren, dass sie niemand etwas zuleide tun wollten. Und nicht nur rings um den Hirten waren Engel, sondern er sah sie überall. Sie saßen in der Grotte, und sie saßen auf dem Berge, und sie flogen unter dem Himmel. Sie kamen in großen Scharen über den Weg gegangen, und wie sie vorbeikamen, blieben sie stehen und warfen einen Blick auf das Kind. Es herrschte eitel Jubel und Freude und Singen und Spiel, und das alles sah er in der dunkeln Nacht, in der er früher nichts zu gewahren vermocht hatte. Und er wurde so froh, dass seine Augen geöffnet waren, dass er auf die Knie fiel und Gott dankte."

Aber als Großmutter so weit gekommen war, seufzte sie und sagte: „Aber was der Hirte sah, das könnten wir auch sehen, denn die Engel fliegen in jeder Weihnachtsnacht unter dem Himmel, wenn wir sie nur zu gewahren vermögen." Und dann legte Großmutter ihre Hand auf meinen Kopf und sagte: „Dies sollst du dir merken, denn es ist so wahr, wie dass ich dich sehe und du mich siehst. Nicht auf Lichter und Lampen kommt es an, und es liegt nicht an Mond und Sonne, sondern was nottut, ist, dass wir Augen haben, die Gottes Herrlichkeit sehen können."

Selma Lagerlöf

Die Apfelsine des Waisenknaben

Schon als kleiner Junge hatte ich meine Eltern verloren und kam mit neun Jahren in ein Waisenhaus in der Nähe von London. Es war mehr ein Gefängnis. Wir mussten vierzehn Stunden am Tag arbeiten – im Garten, in der Küche, im Stall, auf dem Felde. Kein Tag brachte eine Abwechslung, und im ganzen Jahr gab es für uns nur einen einzigen Ruhetag: Das war der Weihnachtstag. Dann bekam jeder Junge eine Apfelsine zum Christfest. Das war alles. Keine Süßigkeiten, kein Spielzeug. Aber auch diese eine Apfelsine bekam nur derjenige, der sich Laufe des Jahres nichts hatte zuschulden kommen lassen und immer folgsam gewesen war. Diese Apfelsine an Weihnachten verkörperte die Sehnsucht eines ganzen Jahres.

So war wieder einmal das Christfest herangekommen. Aber es bedeutete für mein Knabenherz fast das Ende der Welt. Während die anderen Jungen am Waisenhausvater vorbeischritten und jeder seine Apfelsine in Empfang nahm, musste ich in einer Zimmerecke stehen und – zusehen.

Das war meine Strafe dafür, dass ich eines Tages im Sommer aus dem Waisenhaus hatte weglaufen wollen. Als die Geschenkverteilung vorüber war, durften die anderen Knaben im Hof spielen. Ich aber musste in den Schlafraum gehen und dort den ganzen Tag über im Bett liegen bleiben. Ich war tieftraurig und beschämt. Ich weinte und wollte nicht länger leben.

Nach einer Weile hörte ich Schritte im Zimmer. Eine Hand zog die Bettdecke weg, unter die ich mich verkrochen hatte. Ich blickte auf. Ein kleiner Junge namens William stand vor meinem Bett, hatte eine Apfelsine in der rechten Hand und hielt sie mir entgegen. Ich wusste nicht, wie mir geschah. Wo sollte eine überzählige Apfelsine hergekommen sein? Ich sah abwechselnd auf William und auf die Frucht und fühlte dumpf in mir, dass es mit der Apfelsine eine besondere Bewandtnis haben müsse. Auf einmal kam mir zum Bewusstsein, dass die Apfelsine bereits geschält war, und als ich näher hinblickte, wurde mir alles klar, und Tränen kamen in meine Augen, und als ich die Hand ausstreckte, um die Frucht entgegenzunehmen, da wusste ich, dass ich fest zupacken musste, damit sie nicht auseinanderfiel.

Was war geschehen? Zehn Knaben hatten sich im Hofe zusammengetan und beschlossen, dass auch ich zu Weihnachten meine Apfelsine haben müsse. So hatte jeder die seine geschält und eine Scheibe abgetrennt und die zehn abgetrennten Scheiben hatten sie sorgfältig zu einer neuen, schönen und runden Apfelsine zusammengesetzt. Diese Apfelsine war das schönste Weihnachtsgeschenk in meinem Leben. Sie lehrte mich, wie trostvoll echte Kameradschaft sein kann.

Sidney Caroll

Ein Wunder
ist geschehn

Vom Himmel in die tiefsten Klüfte
Ein milder Stern herniederlacht;
Vom Tannenwalde steigen Düfte
Und hauchen durch die Winterlüfte,
Und kerzenhelle wird die Nacht.

Mir ist das Herz so froh erschrocken,
Das ist die liebe Weihnachtszeit!
Ich hör fernher Kirchenglocken
Mich lieblich heimatlich verlocken
In märchenstille Herrlichkeit.

Ein frommer Zauber hält mich wieder,
Anbetend, staunend muss ich stehn;
Es sinkt auf meine Augenlider
Ein goldner Kindertraum hernieder,
Ich fühl's, ein Wunder ist geschehn.

Theodor Storm

In letzter Minute

Eine Woche vor Weihnachten fragte Mama Papa, wann er endlich unseren Weihnachtsbaum kaufen wollte.

Papa sagte: „Einen Weihnachtsbaum kauft man immer im letzten Moment, am Heiligen Abend um ein Uhr nachmittags, weil die Weihnachtsbäume dann am billigsten sind."

„Dann sind aber die schönsten Bäume schon weg. Was übrig bleibt, ist meistens nichts", sagte Mama.

„Wenn man aber eine Nordmanntanne kauft, kriegt man immer etwas Schönes", meinte Papa. „Und zum halben Preis. Hast du die Preise dieses Jahr gesehen? Unverschämt!"

So beschlossen die beiden, den Weihnachtsbaum im letzten Moment zu kaufen, wenn er am billigsten wäre. Doch je näher Weihnachten rückte, desto unruhiger wurde meine Schwester Klara, weil die Bäume, die man vor ihrer Schule verkaufte, immer weniger wurden.

„Ich habe Angst", flüstere sie mir zu, „dass es bald keine Bäume mehr gibt."

„Was sollen wir tun?"

„Fragen wir Mama!"

Mama meinte, es gäbe immer noch Bäume.

„Aber wenn nicht?", fragte Klara. „Was dann?"

„Dann muss Papa in den Wald gehen und dort einen Weihnachtsbaum für uns schlagen."

Das beruhigte uns ein bisschen, aber nicht ganz. Je näher der Heilige Abend rückte, desto öfter fragten ich und meine Schwester Klara die Kinder in unserer Straße: „Habt ihr schon einen Weihnachtsbaum?"

Einen Tag vor Heiligabend hatten alle schon einen – nur wir nicht. Aber wir hatten viele Strohsterne gebastelt und wir hatten auch zwei Engel, die Klara aus der Schule mitgebracht hatte. Sie sagte, sie habe sie selbst mit einer Schere aus Goldpapier ausgeschnitten. Ich versuchte auch einen Engel aus Goldpapier auszuschneiden, aber es ging nicht. In der Schule hatten sie sicher andere Scheren.

„Wir haben so schöne Sachen", sagte Klara. „Jetzt brauchen wir nur den Baum." Aber wir hatten noch keinen Baum. Das war sehr traurig. Morgens am Heiligen Abend sagte Mama zu Papa: „Bitte, bring den Baum so früh wie möglich!"

„Um zwei bin ich zu Hause", versprach Papa und fuhr weg.

Ich und Klara warteten zu Hause. Mit uns wartete Mama und schaute von Zeit zu Zeit erwartungsvoll durch das Fenster. Auch der Dackel Schnuffi wartete und bellte von Zeit zu Zeit. Es wurde ein Uhr, dann zwei, dann drei. Hinter den Fenstern der anderen Häuser konnten wir überall Weihnachtsbäume sehen. Nur wir hatten keinen. Und Papa kam nicht. Plötzlich ging auch Mama weg. Ich und Klara und Schnuffi blieben allein zurück.

„Ich glaube", sagte Klara besorgt, „Papa hat den Weihnachtsbaum vergessen."

„Das kann nicht sein! Meinst du wirklich?"

„Es ist schon spät. Bald wird es vier Uhr."

„Was machen wir denn ohne Baum? Mama sagte, wenn Papa ohne Baum kommt, dann muss er in den Wald, um einen Weihnachtsbaum für uns zu schlagen."

„Aber … aber, bis er kommt und in den Wald fährt, ist es sicher dunkel. Dann fängt schon Heiligabend an. Wo sollen wir dann die zwei Engel aufhängen?"

„Das weiß ich aber wirklich nicht."

„Weißt du, Klara", schlug ich vor, „warum kaufen wir uns nicht schnell selbst einen Weihnachtsbaum? Ich habe zehn Euro in meinem Sparschwein. Wenn ich sie heraushole, das reicht vielleicht. Die Bäume sind jetzt sicher ganz billig."

Ich holte das Geld heraus, und wir liefen beide zu Klaras Schule, vor der man Weihnachtsbäume verkaufte. Unser Dackel Schnuffi lief fröhlich mit uns. Gott sei Dank, es waren noch Bäume da. Ich drückte dem Verkäufer meine zehn Euro in die Hand. Klara rückte auch fünf Euro heraus, und dann begann sie zu feilschen. Sie konnte das gut. Der Mann lachte und gab uns einen Baum, einen sehr guten sogar. Wir packten den Baum, Klara von der einen Seite, ich von der anderen. So gingen wir nach Hause, Schnuffi hinter uns her. Dort bekamen wir einen heiligen Schrecken. Wir sahen Papa einen riesigen Weihnachtsbaum vom Dach seines Wagens herunterholen.

„Woher habt ihr den Baum?", fragte er staunend, als er uns sah. „Hoffentlich habt ihr ihn nicht gekauft?"

„Doch!"

„Aber warum? Warum?"

„Wir dachten, du bringst keinen mehr!"

„Oh, mein Gott", stöhnte Papa und starrte plötzlich die Straße entlang, als ob er seinen Augen nicht trauen könnte. Wir wunderten uns, warum er mit uns nicht schimpfte, und schauten auch in diese Richtung. Da entdeckten wir Mama. Auch sie schleppte atemlos einen Weihnachtsbaum. So haben wir das Weihnachtsfest mit drei Weihnachtsbäumen gefeiert.

Dimiter Inkiow

Morgen, Kinder, wird's was geben

Morgen, Kinder, wird's was geben,
morgen werden wir uns freun.
Welch ein Jubel, welch ein Leben
wird in unserm Hause sein.
Einmal werden wir noch wach,
heißa, dann ist Weihnachtstag.

Wie wird dann die Stube glänzen
von der großen Lichterzahl,
schöner als bei frohen Tänzen
ein geputzter Kronensaal!
Wisst ihr, wie im vorigen Jahr
es am Weihnachtsabend war?

Wisst ihr noch mein Räderpferdchen,
Malchens nette Schäferin,
Jettchens Küche mit dem Herdchen
und dem blank geputzten Zinn?
Heinrichs bunten Harlekin
mit der gelben Violin?

Wisst ihr noch die Scherenschnitte
und die Hirten vor dem Stall?
Eine Puppe für Brigitte
und für mich den bunten Ball?
Franzls neue Eisenbahn
und das viele Marzipan?

Wisst ihr noch den großen Wagen
und die schöne Jagd von Blei?
Unsre Kleiderchen zum Tragen
und die viele Näscherei?
Meinen fleißgen Sägemann
mit der Kugel unten dran?

Wisst ihr, wie wir Lieder sangen
unterm bunten Weihnachtsbaum?
Wie vom Turm die Glocken klangen?
Alles war uns wie im Traum.
Wisst ihr noch vom vorigen Jahr,
wie's am Weihnachtsabend war?

Welch ein schöner Tag ist morgen.
Neue Freuden hoffen wir.
Unsre guten Eltern sorgen
lange, lange schon dafür.
O gewiss, wer sie nicht ehrt,
ist der ganzen Lust nicht wert.

Karl Friedrich Splittgarb

Christkind

Die Nacht vor dem Heiligen Abend,
da liegen die Kinder im Traum;
sie träumen von schönen Sachen
und von dem Weihnachtsbaum.

Und während sie schlafen und träumen,
wird es am Himmel klar,
und durch den Himmel fliegen
drei Engel wunderbar.

Sie tragen ein holdes Kindlein,
das ist der Heil'ge Christ;
es ist so fromm und freundlich,
wie keins auf Erden ist.

Und wie es durch den Himmel
still über die Häuser fliegt,
schaut es in jedes Bettchen,
wo nur ein Kindlein liegt.

Und freut sich über alle,
die fromm und freundlich sind;
denn solche liebt von Herzen
das liebe Himmelskind.

Wird sie auch reich bedenken
mit Lust aufs allerbest'
und wird sie schön beschenken
zum lieben Weihnachtsfest.

Heut schlafen noch die Kinder
und sehn es nur im Traum,
doch morgen tanzen und springen
sie um den Weihnachtsbaum.

Robert Reinick

Das Fest der Mistkäfer

Vor einiger Zeit war ich für einige Tage in Südafrika. Und ironischerweise habe ich dort, mitten im südafrikanischen Frühsommer, etwas von Weihnachten verstanden: Weihnachten ist eigentlich das Fest der Mistkäfer …

An dem Tag waren wir seit fünf Uhr morgens mit dem Ranger des Wildparks unterwegs gewesen, auf der Suche nach Elefanten, Leoparden, Löwen, den „wild dogs". Nach Sonnenaufgang hielten wir irgendwo in der Wildnis, er holte die Thermoskannen mit Kaffee hervor und zeigte uns so ganz nebenbei den frischen Dung eines Nashorns. Hunderte von Mistkäfern hatten sich um diesen Dunghaufen versammelt und machten daraus kleine Kugeln, die immerhin so groß waren wie sie selbst – um sie dann mühsam über Hunderte von Metern in ihre eigene Behausung zu rollen.

Wer in Afrika ist, will Löwen, Elefanten und Büffel sehen – und eigentlich keine Mistkäfer. Wir wollen das Große, das Spektakuläre. Dem jagen wir hinterher, auch an Weihnachten.

Aber Weihnachten ist überhaupt nicht spektakulär – ein kleines Kind im erbärmlichen Stall, und gleich nach der Geburt schon auf der Flucht. Am Königshof ist der neugeborene König der Juden nicht zu finden. Sogar die Heiligen Drei Könige laufen erst einmal die falsche Adresse an. Und die Bewohner von Betlehem haben das Ereignis verschlafen. Es sind die Hirten, die Ärmsten der Armen, diejenigen, die durch Nacht und Kälte wach gehalten werden, sich sorgend um ihre Herden, die das Kommen des Gottessohnes mitbekommen. Weihnachten ist überhaupt nicht spektakulär. Es ist armselig.

Wir haben es spektakulär gemacht, um damit möglicherweise die leise Botschaft, die uns zur Veränderung aufruft, zu übertönen.

Ich habe in diesen Tagen gelernt: Weihnachten hat nichts mit Löwen und Elefanten zu tun, die sich fotogen den Besuchern an der Krippe stellen, sondern viel mehr mit Mistkäfern, die in aller Geduld, Beharrlichkeit und mit Ausdauer ihre Aufgabe erfüllen. Gott inszeniert sich nicht publikumswirksam und spektakulär, sondern eher bescheiden und im Hintergrund. Wir brauchen nicht das Laute, Schöne und Harmonische zu propagieren, sondern wir dürfen all das Kleine, Schützenswerte und Nicht-Spektakuläre leben.

Heilige Nacht

Solange wir auf das Große warten, werden wir Gott nicht finden. Wir werden Gott nicht finden, wenn wir nach oben schauen – sondern nur dann, wenn wir nach unten schauen. Vielleicht sogar bei den Mistkäfern …
Damit wird Weihnachten aber auch zu einer Anfrage an mich selbst: Definiere ich mein Leben so, dass es nur lebenswert ist, wenn das Spektakuläre eintrifft – oder finde ich das Staunens- und Liebenswerte auch im erbärmlichen Stall? Vielleicht sogar in meinem erbärmlichen Stall?

Andrea Schwarz

So ward der Herr Jesus geboren
Im Stall bei der kalten Nacht.
Die Armen, die haben gefroren,
Den Reichen war's warm gemacht.

Sein Vater ist Schreiner gewesen,
Die Mutter war eine Magd.
Sie haben kein Geld nicht besessen,
Sie haben sich wohl geplagt.

Kein Wirt hat ins Haus sie genommen;
Sie waren von Herzen froh,
Dass sie noch in Stall sind gekommen.
Sie legten das Kind auf Stroh.

Die Engel, die haben gesungen,
Dass wohl ein Wunder geschehn.
Da kamen die Hirten gesprungen
Und haben es angesehn.

Die Hirten, die will es erbarmen,
Wie elend das Kindlein sei.
Es ist eine G'schicht' für die Armen,
Kein Reicher war nicht dabei.

Ludwig Thoma

Geboren ist das Kind zur Nacht

Geboren ist das Kind zur Nacht
für dich und mich und alle,
drum haben wir uns aufgemacht
nach Betlehem zum Stalle.

Sei ohne Furcht, der Stern geht mit,
der Königsstern der Güte,
dem darfst du trauen, Schritt für Schritt,
dass er dich wohl behüte.

Und frage nicht und rate nicht,
was du dem Kind sollst schenken.
Mach nur dein Herz ein wenig licht,
ein wenig gut dein Denken,

mach deinen Stolz ein wenig klein
und fröhlich mach dein Hoffen –
so trittst du mit den Hirten ein
und sieh: Die Tür steht offen!

Ursula Wölfel

Doch ein Weg nach Karttula

Dass es jetzt mitten im Winter kalt und dunkel war, dass es mittags nur für ganz kurze Zeit hell wurde und dass die ganze Umgebung unter einer dicken Schneeschicht lag, das machte Matti nichts aus. Dafür waren die Sommernächte lang und hell, und es gab unendlich viele Abenteuer zu erleben. Als der Wetterbericht im Fernsehen für Weihnachten erhebliche Schneefälle im Gebiet von Kuopio in Finnland meldete, hoffte Matti sehnlichst, dass die Gegend von Karttula davon verschont bliebe. Denn wenn es heute nicht schneien würde, dann konnten sie am späten Nachmittag alle zusammen zur Kirche gehen, und seine Eltern konnten Matti als Josef in dem Krippenspiel erleben, das sie seit Wochen für diese Weihnachtsfeier geprobt hatten. Es war seine erste Hauptrolle, und Matti war mächtig stolz darauf, den Josef zu spielen.

Wenn morgen wieder Schneefall einsetzen würde, dann wollte sich Matti nicht beklagen. Nur heute noch nicht! Heute musste er noch zur Weihnachtsfeier in die kleine Holzkirche in Karttula. Wie sollte das Krippenspiel ohne Josef aufgeführt werden?

Als es mittags zu schneien begann, wollte Matti es nicht wahrhaben. Und als ein regelrechtes Schneetreiben einsetzte, wurde er immer verzagter.

„Es wird in diesem Jahr nichts mit unserem Gottesdienstbesuch!", sagte die Mutter, als sie vergeblich versucht hatte, mit dem Schneeschieber den kurzen Weg vom Haus zum Saunahäuschen freizuschaufeln.

Aber Matti ließ sich nicht abbringen. „Ich muss in die Kirche!", sagte er immer wieder. „Sie können doch ohne mich nicht spielen!"

„Was nicht geht, geht eben nicht!", antwortete seine Mutter und seufzte. „Es werden bestimmt viele nicht kommen können!"

Auch Mattis Vater schüttelte den Kopf. Für die Leute in Karttula war es vielleicht noch möglich, gegen den Schnee anzukommen. Aber hier draußen, weitab von der Landstraße, gab es kaum eine Chance. In diesem Schneetreiben würden sie auch keinen Schneepflug einsetzen. Sie würden bis morgen warten.

Immer wieder lief Matti zur Tür. Manchmal meinte er, dass das Schneetreiben etwas nachgelassen hätte. Aber dann ging es gleich wieder von Neuem los. „Wenn wir jetzt unseren Traktor hätten", sagte er. Jedoch er wusste genau, dass der Traktor seit Anfang der Woche in Karttula in der Werkstatt stand. Pekka Pietinen hatte versprochen, ihn bis Neujahr zu reparieren. „Wir feiern halt Weihnachten zu Hause!", sagte Mattis Mutter und legte den Arm um ihn. „Das wird bestimmt auch schön!"

Matti dachte für einen Augenblick an die verschnürten Päckchen, die schon seit vielen Wochen in der Truhe im Schlafzimmer seiner Eltern lagen. Er dachte auch an die Geschenke, die er für die Eltern und für Marja, seine kleine Schwester, gebastelt hatte. Aber das Spiel in der Kirche war viel, viel wichtiger. Wie hatte er um die Rolle des Josef gekämpft! Im letzten Jahr hatte er nur ein Schaf spielen dürfen, das mit den Hirten zur Krippe zog. Und diesmal hatte er eine Hauptrolle bekommen. Zusammen mit Maria sollte er von einer Ravintola zur nächsten ziehen, um eine Unterkunft für die Nacht zu finden. Schließlich würden sie zu dem Stall gelangen, in dem dann das Kind Gottes geboren werden würde. Mattis Vater hatte eigens für dieses Spiel eine ganz neue Krippe gezimmert, weil Matti ihn so darum gebeten hatte. Und jetzt war alles vergebens. Das Spiel wird ausfallen, weil der Josef nicht durch den Schnee zur Kirche kommen kann.

Matti war es zum Heulen zumute. Da half es nichts, dass er immer wieder nach draußen lief und verkündete, dass es bald zu schneien aufhöre. Es schneite weiter, und es war kein Ende abzusehen.

„Selbst wenn es jetzt aufhört, kommen wir nicht nach Karttula!", sagte sein Vater.

Matti kämpfte gegen seine Tränen an, konnte sie aber nicht zurückhalten. Da nutzte es auch nichts, dass ihm seine Mutter einen Teller mit seinen Lieblingsplätzchen hinstellte.

„Ist doch nicht so schlimm!", sagte Marja und versuchte ihn zu trösten. Was wusste Marja schon? Sie war noch klein, und Weihnachten zu Hause war für sie viel wichtiger als der Gottesdienst in der Kirche. Schließlich musste sie ja auch nicht heute Abend den Josef im Krippenspiel darstellen.

Gegen fünf Uhr ließ das Schneetreiben nach. Aber Mattis Vater schüttelte den Kopf. „Nein, wir können es nicht wagen. Schließlich sind es bis Karttula über fünf Kilometer. Und Marja ist noch so klein, dass sie mit den Skiern erhebliche Schwierigkeiten hätte."

„Und wenn wir allein nach Karttula gingen?" Matti blickte seinen Vater hoffnungsvoll an. Doch der schüttelte nur den Kopf. Nein, ohne Mutter und Marja ging Vater nicht. Das wusste Matti genau.

Als das Telefon klingelte, meldete sich Tapio Halonen, der Pfarrer. Er fragte nach, ob sie den Weg durch den Schnee nach Karttula schaffen würden. Mit den anderen hatte er bereits gesprochen. Sie würden alle kommen. Aber Matti wohnte so weit weg, dass auch der Pfarrer befürchtete, dass er es vielleicht nicht schaffen konnte.

Der Vater sprach lange mit dem Pfarrer. Und Matti hörte aus Vaters Stimme, wie leid es ihm tat, dass unter diesen Umständen Matti nicht mitspielen konnte.

„Ja, dann müsste das Krippenspiel heute Abend ausfallen!", sagte er schließlich. Darauf hörte er dem Pfarrer zu und nickte ein paar Mal. Als er den Hörer aufgelegt hatte, wandte er sich an Matti: „Der Pfarrer will das Spiel unbedingt spielen lassen. Die anderen Kinder kommen alle. Es ist für sie nicht so schwierig wie für uns. Aber ohne Josef geht es nicht!"

Matti nickte. Wieder kämpfte er gegen die Tränen.

„Ich will dir nicht zu viel versprechen!", meinte der Vater dann. „Aber vielleicht kommen wir doch noch nach Karttula. Der Pfarrer will Hannu Meri anrufen. Er hat einen großen Traktor, der es bis zu uns schaffen könnte. Vielleicht ist er bereit, uns abzuholen und nachher wieder nach Hause zu bringen!"

„Vielleicht!", fügte er hinzu, als er bemerkte, dass Matti sofort vor Begeisterung aufspringen wollte. „Wir müssen abwarten!"

Jedenfalls holte die Mutter gleich für alle die dicken Sachen herbei und legte sie auf der Bank bereit.

Wenig später rief der Pfarrer erneut an und versicherte, dass Hannu Meri versuchen würde, mit dem Traktor zu ihnen zu kommen. Da hielt es Matti nicht länger im Haus aus. Er zog sich warm an und wartete vor der Tür auf den Traktor. Es hatte aufgehört zu schneien.

„Mehr als einen Meter Neuschnee?", fragte er, als sein Vater zu ihm heraustrat.

„Könnte sein!", meinte sein Vater.

„Wollen wir hoffen, dass Hannu Meri es bis zu uns schafft!" Er schaltete die große Lampe an, die über der Haustür hing. „Hoffen wir, dass er uns findet!"

Immer wieder blickte Matti auf seine Uhr. Es waren nur noch zwanzig Minuten bis sechs Uhr.

„Ohne dich fangen sie nicht an!", meinte sein Vater, um ihn zu beruhigen.

Dann hörten sie plötzlich Motorengeräusche. Hannu Meri war auf dem Weg zu ihnen. Mit seinem großen Traktor hatte er es geschafft, da war der Schnee kein Hindernis. Als aber dann die Umrisse des Gefährts in der Dunkelheit immer deutlicher zu erkennen waren, da staunte Matti. Hannu Meri war nicht mit dem Traktor zu ihnen herausgekommen. Es war der Schneepflug, der sich seinen Weg zu ihnen bahnte. „Mit dem Traktor hätte ich es nicht geschafft!", lachte Hannu, als er vor ihnen anhielt. „Das war mir zu riskant!"

Nun kamen auch Mutter und Marja aus dem Haus gelaufen, und alle versuchten, auf den engen Sitzen Platz zu finden. Ganz nahe drückten sie sich aneinander. „So friert keiner von uns!", sagte Marja und fühlte sich zwischen ihren Eltern sichtlich wohl.

„Mit dem Schneepflug zur Kirche!", lachte Mattis Mutter. „Das hättest du dir auch nicht träumen lassen!"

Matti nickte. Sprechen konnte er nicht. Es war einfach alles zu schön. Alle Hindernisse waren zur Seite geräumt. Sie werden mit dem Spiel in der Kirche warten, bis er da ist. Alles war wieder gut. Eines wusste er genau: Diesen Weihnachtsabend würde er nie vergessen. Nie im Leben!

Rolf Krenzer

Ein Kind wurde geboren

Ein Kind wurde geboren im Stall
in dunkler Nacht.
Es hat das helle Licht uns in unsere
Welt gebracht,
in unsre Welt gebracht.

Ein Kind wurde geboren,
da strahlt ein heller Stern.
Und viele Leute kamen und suchten
nach dem Herrn
und suchten nach dem Herrn.

Ein Kind wurde geboren,
den Namen wisst ihr schon.
Das Kind heißt Jesus Christus.
Das Kind ist Gottes Sohn.
Das Kind ist Gottes Sohn.

Rolf Krenzer

Vom hochmütigen Ochsen

Maria und Josef fanden, wenn auch spät, eine Herberge in Betlehem; darüber waren sie froh, aber so leicht, wie man gemeinhin annimmt, ging es doch nicht mit dem Unterkommen. Der Stall gehörte ja den Tieren, und wenn das Pferd, ein steingrauer, bejahrter Apfelschimmel, auch sogleich ein gutes Wort für die Wanderer einlegte, ebenso die gehörnte, gelbbärtige Ziege, die im Dunkeln angepflockt stand, so waren es hauptsächlich der Esel und der Ochse, die hörbar zu murren begannen. Der Esel deshalb, weil man ihn im Schlaf gestört hatte. Er träumte von einem saftiggrünen Distelfeld und er hatte, als das Rumoren im Stall begann, gerade das Maul aufgesperrt, um eines der traumhaft leckeren und für eine Eselszunge wundervoll stachligen Distelblätter zu kosten. Nein, dass er gerade jetzt erwachte! Außerdem behauptete der Esel, dass er schreckhaften Gemütes sei und, einmal aus der Ruhe gebracht, schlecht wieder einschlafe. Er wusste ja nicht, der langohrige Murrer und Knurrer, dass er in dieser Nacht überhaupt keinen Schlaf finden sollte, weil das, was geschah, viel herrlicher und süßer und wirklicher war als alle geträumten Distelfelder der Welt.

Noch schlimmer wurde es mit dem Ochsen, denn der sollte, als es gegen Mitternacht ging, die Krippe hergeben. Nun war dieser Ochse Uraman ein hochmütiges Tier, und jeder, der seinen gewaltigen Nacken, die zottige, kraftvolle Brust, die geschweiften Hörner, die stampfenden Schenkel, das glimmende Auge und die breite, weißgefleckte Stirn nur ein einziges Mal betrachtet hatte, wusste, dass Uraman mit Recht stolz war auf sich selber. Wie also durfte man ausgerechnet ihm zumuten, dass er die Krippe hergab, wo doch im Stall genug Holzwannen, Körbe, Mulden und Schüsseln zu finden waren? Und weshalb nicht die Pferdekrippe, wenn es schon nichts anderes als eine Krippe sein musste?

Uraman rasselte erbost an der Kette. Er hob seinen zottigen Kopf, öffnete das runde, feuchtlippige Maul, von welchem ein Schleimfaden bis auf die Steine herabtroff, und brüllte.

Josef winkte grantig, denn der Ochse hatte, wie man sich denken kann, eine gewaltige Stimme. Auf nichts anderes, nicht mal auf seine Nackenkraft, war er stolzer als auf diese zuerst dumpfe, dann wie Donner drohende und rollende, balkenerschütternde Stimme, die über Betlehem hallte gleich einer Tuba des Jüngsten Gerichts. Erst kürzlich hatte ein weit gereistes Kamel behauptet, Uramans Stimme gliche der eines Löwen, und obwohl der Ochse keins dieser königlichen Tiere gesehen oder gar gehört hatte, erfüllte ihn das Urteil des Kamels mit Stolz und Genugtuung. Es gab aber noch einen besonderen Grund, weshalb

Uraman die Krippe nicht hergeben wollte. Der Ochse hatte nämlich die Gewohnheit, weil ihn nachts mitunter der Hunger plagte, eine Handvoll Häckselspreu in der Krippe zu verwahren. Sobald er wach wurde, stand er auf, beugte sich über die Spreu und fraß. Nie hatte jemand ihn gehindert, das zu tun. Er war der Herr im Stall; alle gehorchten seiner Kraft und seiner furchterregenden Stimme. Deshalb war Uraman hochmütig geworden – durfte man es anders erwarten? Er ließ also die Fremden spüren, dass sie hergelaufenes Bettelvolk wären, und wenn sie es schon nicht besser einzurichten gekonnt, so sagte er, ihr Kind in einem Stall und in schämenswerter Dürftigkeit zur Welt zu bringen, so möchten sie es gefälligst auf die Steine legen; dahin gehöre es, denn ein hartes Bett sei der Armut angemessen. Josef, den die Rede des Ochsen verdross, wollte ihm endlich eine Strafpredigt halten, verdient hatte er sie schon längst, doch Maria zog den Gefährten am Ärmel und sagte: „Lass ihn, den stolzen Uraman. Er mag sich eine Weile besinnen."

Josef antwortete ärgerlich: „Die Krippe muss er trotzdem hergeben."

„Mir wäre es lieber", sagte Maria, „er brächte sie uns aus freiem Willen."

Josef, von Natur aufbrausend, aber schnell besänftigt, nickte; er musste daran denken, dass Maria öfter Recht behielt als er und dass diese Nacht keine gewöhnliche Nacht zu nennen war. Uraman fing an zu kauen, denn Hoffart und Zorn machen hungrig; auch merkte er schon, dass bei allem, was sich vorbereitete, niemand ein Auge würde zutun können.

Grollend warf der Ochse die Häckselspreu in seinem breiten Maul hin und her; aber je länger er malmte und mit der Zunge rumpelte und rieb, umso härter wurde das Futter zwischen den Zähnen. Der feuchte Bissen schien sich außerdem zu blähen, er bekam scharfe Kanten und Ecken, die Zunge stieß sich wund daran.

Uraman, der so etwas noch nie erlebt hatte, ließ ein dumpfes, drohendes, fast schon ängstliches Gebrumm hören. Was war das für Spreu, die, statt weich und fügsam zu sein, hart und immer härter wurde, sodass man sich außerstande sah, das Zeug zu schlucken, geschweige denn es wiederzukäuen oder es zu verdauen? Er öffnete das Maul, sonst wäre er an dem noch immer wachsenden Brocken erstickt. Und als er die Lippen auftat, polterte ein Stein heraus, ein hellgrauer, vom Speichel feuchter, handgroßer, harter Kieselstein.

Er fiel in die Krippe, Uraman betrachtete ihn schaudernd.

„Wer hat mir Steine zu fressen gegeben?", brüllte er, das heißt, er wollte es brüllen, aber seine Stimme, die vormals alle Tiere im Stall und obendrein die Balken hatte erzittern machen, war jetzt so dünn und heiser und erbärmlich, dass nicht nur das Pferd und der Esel in Gelächter ausbrachen, nein, auch die Ziege meckerte hämisch, der Hund bellte, die Katze miaute, das Schaf blökte „Höhö", und sogar die Ratte stieß einen wild kichernden Pfiff aus, denn sie vergaß dem Ochsen nie, dass er sie einmal auf den Schwanz getreten hatte.

Da stand nun der mächtige Uraman, die Stirn gereckt, das Maul weit offen, die Augen voll roter Zornglut. Ach, und wie jämmerlich war das Gewinsel, das aus seiner Kehle drang, wie ohnmächtig sträubte er das Fell, wie witzlos und dumm ließ er den Geifer von den wulstigen Lippen rinnen!

Während dies alles geschah, bei Uramans kläglichem Gebrüll und dem Gelächter der Tiere, musste das Knäblein geboren sein. Uraman gewahrte es erstaunt, als er den Blick senkte: ein winziges, hilfloses Kind, nackt auf den Steinen. Da schämte sich der Ochse. So sehr schämte er sich, dass, falls er ein Mensch gewesen, er bis unter die Hörner rot geworden wäre. „Nimm die Krippe", sagte er zu Josef, doch es klang so heiser und rau, dass der Kindesvater ihn nicht verstand.

Maria aber hörte das Wort des Ochsen. Sie wendete ihm die Augen zu und blinzelte vergnügt. Uraman senkte den zottigen Schädel noch tiefer und schob mit der Stirn und den Hörnern die Krippe zu Maria hinüber, langsam, ganz langsam, denn der Ochse besaß viel zu viel Kraft für eine leere Krippe, und er musste vorsichtig zu Werke gehen, damit er sie nicht umwarf.

„Danke, Uraman", sagte Maria, nahm das Kind von den Steinen, wickelte es in eine Windel und legte es auf das Holz der Krippe, nein, nicht auf das Holz, denn der Ochse hatte vorher schnell ein Bündel Heu aus der Raufe gezerrt, damit das Neugeborene nicht gar so hart zu liegen käme. Die Tiere traten nun alle heran und betrachteten das Wunder recht aus der Nähe, Pferd und Esel, Ziege und Schaf, Hund und Katze, Ente und Hahn, der Igel und die Fledermaus, ja sogar die Ratte, die sich sonst nur um ihre eigenen Sachen kümmert. Ob sie am Ende allesamt, dem Kindlein zur Ehre, einen Choral gesungen haben, weiß man nicht genau; es wäre ja auch ein ungereimt närrisches, misstöniges Konzert gewesen. Dies aber ist gewiss: Der Ochse Uraman fand unversehens die Stimme wieder, kaum dass er sein Maul öffnete, das Kindlein zu loben, und die Gewalt dieser Stimme, so heißt es, war mächtiger als zuvor.

Rudolf Otto Wiemer

Weihnachtsabend

Die fremde Stadt durchschritt ich sorgenvoll,
der Kinder denkend, die ich ließ zu Haus.
Weihnachten war's; durch alle Gassen scholl
der Kinderjubel und des Markts Gebraus.

Und wie der Menschenstrom mich fortgespült,
drang mir ein heiser Stimmlein in das Ohr:
„Kauft, lieber Herr!" Ein magres Händchen hielt
feilbietend mir ein ärmlich Spielzeug vor.

Ich schrak empor, und beim Laternenschein
sah ich ein bleiches Kinderangesicht;
wes Alters und Geschlechts es mochte sein,
erkannt ich im Vorübertreiben nicht.

Nur von dem Treppenstein, darauf es saß,
noch immer hört ich, mühsam, wie es schien:
„Kauft, lieber Herr!" den Ruf ohn Unterlass;
doch hat wohl keiner ihm Gehör verliehn.

Und ich? – War's Ungeschick, war es die Scham,
am Weg zu handeln mit dem Bettelkind?
Eh' meine Hand zu meiner Börse kam,
verscholl das Stimmlein hinter mir im Wind.

Doch als ich endlich war mit mir allein,
erfasste mich die Angst im Herzen so,
als säß mein eigen Kind auf jenem Stein
und schrie nach Brot, indessen ich entfloh.

Theodor Storm

Der Engel der Weihnacht

Der Engel der Weihnacht
bringt eine himmlische Botschaft:
Seid ohne Furcht und freut euch!
Gott ist nah.
Er schenkt Frieden und Heil.

Der Engel der Weihnacht
bestärkt uns im Glauben,
nährt unsere Hoffnung,
befreit uns zur Liebe –
und beflügelt uns auf unserem Weg.

Heidi Rose

Zu Betlehem, da ruht ein Kind

Zu Betlehem, da ruht ein Kind,
im Kripplein eng und klein,
das Kindlein ist ein Gotteskind,
nennt Erd' und Himmel sein.
Zu Betlehem, da liegt im Stall
bei Ochs und Eselein,
der Herr, der schuf das Weltenall,
als Jesukindchen klein.

Von seinem gold'nen Thron herab
bringt's Gnad und Herrlichkeit,
bringt jedem eine gute Gab',
die ihm das Herz erfreut.
Der bunte Baum, vom Licht erhellt,
der freuet uns gar sehr,
ach, wie so arm die weite Welt,
wenn's Jesukind nicht wär'!

Das schenkt uns Licht und Lieb' und Lust
in froher, heil'ger Nacht.
Das hat, als es nichts mehr gewusst,
sich selbst uns dargebracht.
O wenn wir einst im Himmel sind,
den lieben Englein nah,
dann singen wir dem Jesukind
das wahre Gloria.

Annette von Droste-Hülshoff

Wacht auf, ihr Menschen

Wacht auf, ihr Menschen, ja, auch du!
Das Wunder ist geschehen.
Maria wiegt das Kind zur Ruh,
und Josef deckt es sachte zu.
Nun muss die Nacht vergehen.

Steig auf, du Stern! Flieg hin, du Wind!
Die Schatten sollt ihr jagen.
Geboren ist im Stall das Kind,
damit wir alle fröhlich sind
in unsern dunklen Tagen.

Ursula Wölfel

Weihnachtsüberraschungen

Wenn ich versuche zurückzudenken, dann gibt es nicht viele Weihnachtsabende, an die ich mich noch genau erinnern kann. Die Erinnerungen verwischen und vermischen sich mit der Zeit, weil sie sich zu sehr ähneln. Der Ablauf des Weihnachtsabends blieb immer gleich, das Einzige, was wechselte, waren die Weihnachtsgeschenke. Ein paar Weihnachtsfeste blieben mir allerdings in Erinnerung. Das waren die besonders traurigen (während der Kriegszeit, wenn wir mit meiner weinenden Mutter etwas betreten neben dem Christbaum saßen) oder die besonders lustigen. Aber das aufregendste Weihnachtsfest war zweifellos das, als Vater den Christbaum aus dem Fenster warf. Die ganze Verwirrung damals kam wahrscheinlich zustande, weil sich meine große Schwester eine Weihnachtsüberraschung ausgedacht hatte, von der zwar ich etwas wusste, nicht aber der Rest der Familie. Und weil sich mein Vater gleichzeitig eine Weihnachtsüberraschung hatte einfallen lassen, von der der Rest der Familie wusste, nicht aber meine große Schwester und ich.

Unsere Weihnachtsüberraschung, also die von meiner Schwester und mir, war Joschi.

Vaters Weihnachtsüberraschung war Tante Rosi. Joschi war ein japanischer Student, den meine Schwester in München auf der Universität kennengelernt hatte. Während des Sommers war er drei Tage bei uns zu Besuch gewesen. Die ganze Familie hatte ihn auf Anhieb gern; obwohl es schwierig war, sich mit ihm zu unterhalten. Er sprach nämlich kaum ein Wort Deutsch. Mit meiner Schwester unterhielt er sich Englisch, aber Englisch konnten meine Eltern nicht, und meine Schwester war es nach ein paar Stunden leid, alles, was sie oder Joschi sagten, zu übersetzen.

Tante Rosi war meine Großtante. Sie kam ab und zu bei uns vorbei, und ich empfing sie jedes Mal mit gemischten Gefühlen. Auf die Tante freute ich mich schon, denn sie war nett und wusste, dass eine Großtante ihrem Großneffen immer etwas mitzubringen hatte. Leider brachte sie auch immer Mucki mit. Das war ihr Hund, ein dicker, überfütterter Pudel, der Kinder nicht leiden konnte, jedes Mal knurrte, wenn ich in seine Nähe kam und mich mehr als einmal fast gebissen hätte. Sie musste Mucki überall mit hinnehmen, weil sie allein lebte und niemand sonst auf Mucki aufgepasst hätte. Der Weihnachts-Überraschungs-Plan meiner Schwester sah so aus: Sie war am Nachmittag aus München zurückgekommen, hatte Joschi heimlich mitgebracht, und es war ihr sogar gelungen, ihn unbemerkt in mein Zimmer zu schmuggeln. Da war er vor Entdeckung sicher, denn die Eltern durften am Weihnachtsnachmittag die Kinderzimmer nicht betreten, so war es abgemacht, weil dort die Geschenke für sie versteckt waren. Joschi sollte sich aus meinem Zimmer schleichen und vor der Tür warten, nachdem wir uns alle im Weihnachtszimmer versammelt hatten. Wenn wir – wie jedes Jahr – anfingen, „Stille Nacht" zu singen, sollte er die Tür aufmachen und plötzlich im Weihnachtzimmer stehen. Meine große Schwester hatte mir einen Indianer-Kopfschmuck versprochen, wenn ich niemand etwas von dieser Überraschung erzählte. Sie wusste, dass auf meiner Wunschliste an erster Stelle stand: ein Zauberkasten und ein Indianer-Kopfschmuck aus Federn.

Was wir beide nicht wussten: Fast gleichzeitig mit Joschi war Tante Rosi mit Mucki gekommen. Wir hatten sie nicht gehört, weil wir so mit Joschi beschäftigt waren. Der Weihnachts-Überraschungs-Plan meines Vaters sah so aus: Er hatte Tante Rosi gleich ins Weihnachtszimmer geschmuggelt. Dort lagen schon die Geschenke für mich: eine Zauberausrüstung mit Hut, Zauberstab und rotem Umhang und eine Indianer-Federkrone, die meine Mutter selbst gemacht hatte. Kurz bevor ich ins Weihnachtszimmer kam, sollte Tante Rosi die Federkrone aufsetzen und sich hinter dem zugezogenen Fenstervorhang verstecken. Meinem Vater war klar, dass ich meine Zaubersachen gleich ausprobieren würde, vielleicht

sogar ein bisschen enttäuscht darüber, dass der Indianer-Kopfschmuck, den ich mit so gewünscht hatte, doch nicht auf dem Gabentisch lag. Aber nach meinem ersten Zauberspruch würde sich der Vorhang teilen und Tante Rosi erscheinen, als Indianer mit meiner Federkrone. Endlich war es draußen dunkel geworden, meine Mutter rief nach uns, die Tür zum Weihnachtszimmer wurde geöffnet. Die Kerzen am Christbaum brannten und spiegelten sich in den versilberten Christbaumkugeln. Es roch weihnachtlich. Zu meiner Überraschung bestanden meine Eltern nicht darauf, dass erst einmal Weihnachtslieder gesungen werden müssten, wir durften uns gleich die Geschenke ansehen. Ich entdeckte sofort die Zaubersachen und stürzte mich darauf. „Gefallen sie dir?", fragte meine Mutter. „Ganz toll!", rief ich und setzte gleich den spitzen Zauberhut auf, um zu sehen, ob er mir passte. „Sicher willst du den Zauberstab gleich ausprobieren!", sagte mein Vater. – „Nein, erst muss ich den Zaubermantel anziehen", antwortete ich und versuchte, mir den Zauberumhang umzulegen. Ich kam mit dem Verschluss nicht zurecht. Mein Vater stand ungeduldig daneben.

„Ich werde gleich was verschwinden lassen", sagte ich. „Verschwinden lassen ist nicht gut", sagte mein Vater. Zauberer zaubern etwas her.

81

Am besten etwas Großes, etwas Lebendiges. Keinen Gegenstand." „Vielleicht einen Elefanten?" „Der ist zu groß, der passt ja nicht ins Zimmer! Es muss ein Mensch sein!" „Ein Mensch? Also gut! Ein fremder Mensch?" Ich dachte an den armen Joschi, der ja immer noch vor der Tür stand, da wir bis jetzt keine Weihnachtslieder gesungen hatten. „Einen Japaner", rief ich. „Ich werde einen Japaner herzaubern!" „Japaner!", wiederholte mein Vater ärgerlich. „Fällt dir nichts Besseres ein? Du hast doch den Lederstrumpf gelesen. Na? Jemand aus einem anderen Volk, von ganz weit her!" „Du hast wohl etwas gegen Japaner!", rief meine Schwester empört und wurde ganz

aufgeregt. „Nein, natürlich nicht, das weißt du doch. Aber es dauert wirklich ewig, bis er sich den Indianer herwünscht!" „Woher soll ich denn wissen, dass es ein Indianer sein soll?", sagte ich beleidigt und war nahe daran, in Tränen auszubrechen. Ich verstand meinen Vater nicht. Es war doch klar, dass das Ganze ein Spiel war. Meine Mutter sagte vorwurfsvoll: „Ihr werdet doch am Heiligen Abend keinen Streit anfangen wollen!" „Du hast Recht", sagte meine große Schwester. „Wir sollten endlich anfangen zu singen." „Nein, noch nicht", sagte mein Vater aufgebracht. „Du singst doch sonst nie gerne Weihnachtslieder. Warum denn ausgerechnet jetzt,

wo sich dein Bruder einen Indianer herwünschen will!"

„Also gut", sagte ich. „Zaubere ich einen."

„Aber von wo soll er kommen?", fragte mein Vater. „Schau dich mal um, am besten wäre es wie über eine Bühne." Dabei stellte er sich neben den Fenstervorhang. „Nein, von der Tür", sagte ich. Denn ich dachte an Joschi, der immer noch draußen stand. „Nicht durch die Tür!" Mein Vater wurde ärgerlich. „Er muss durchs Fenster kommen." „Nein, durch die Tür", beharrte ich. „Durchs Fenster!" „Jetzt lass doch den Paul wünschen", sagte meine Schwester mit Nachdruck. „Schließlich ist es doch sein Zauberstab." Ich merkte, dass mein Vater schon wieder nah dran war, aufzubrausen. Er bekam schon einen ganz roten Kopf, deswegen sagte ich schnell: „Na schön, soll der Japaner durchs Fenster kommen." „Der Indianer, der Indianer!", verbesserte mein Vater. Ich nahm meinen Zauberstab in die rechte Hand und zog einen weiten Zauberkreis über den Vorhang. Ehe ich aber dreimal „Abrakadabra" sagen konnte, stürzte mit lautem Bellen Mucki auf mich zu und biss sich in meinem roten Zaubermantel fest. Einen Augenblick später erschien Tante Rosi im Indianerkopfschmuck zwischen den Vorhanghälften, schrie „Mucki, brav! Mucki, hierher!", packte Mucki am Halsband und zog so stark sie nur konnte. Mucki ließ meinen Zaubermantel aus den Zähnen, Tante Rosi stolperte rückwärts gegen den Christbaum, der Baum kippte und fiel um. Im Nu fingen die Zweige an zu brennen. Tante Rosi schrie „Feuer!" und rannte zur Tür, meine Mutter rief „Wasser! Schnell!" und lief ihr nach. Tante Rosi erreichte die Tür als Erste, riss sie auf, schrie „Huh!" oder „Huch!" oder so etwas Ähnliches und blieb wie versteinert stehen. Etwas verlegen kam Joschi ins Zimmer, lächelte erst und schaute dann erschrocken auf den brennenden Christbaum. Meine Mutter sagte entgeistert: „Der Joschi!!!" und blieb ebenfalls stehen. Nur mein Vater sagte überhaupt nichts, rannte zum Fenster, riss es auf, packte den brennenden Christbaum und warf ihn mit allen Christbaumkugeln, Strohsternen und vergoldeten Nüssen hinaus in den Schnee. Später saßen wir dann alle um den Tisch und aßen den Weihnachtssalat aus Kartoffeln, Nüssen und Äpfeln, den es jedes Jahr gab. Joschi strahlte, meine Schwester lachte pausenlos, und mein Vater sagte: „Ich glaube, diesen Weihnachtstag werden wir nicht so schnell vergessen!" Und damit hat er Recht gehabt. Wenn ich mal nach Japan komme, kann ich ja meine Schwester fragen, ob sie sich auch noch daran erinnert.

Paul Maar

Diese Nacht hat ein Geheimnis

Diese Nacht hat ein Geheimnis,
das nur sieht, wer sich aufmacht;
diese Nacht ist Nacht der Nächte,
weil der Himmel lacht,
weil uns der Himmel lacht.

Diese Nacht, wie jede dunkel,
hat sich Gott für uns erdacht
und ein Stern führt hin zum Wunder,
wo der Himmel lacht,
wo uns der Himmel lacht.

Diese Nacht birgt gute Nachricht,
uns von Engeln überbracht:
Gott wird Mensch, teilt unser Leben,
dass der Himmel lacht,
dass uns der Himmel lacht.

Diese Nacht ist unvergesslich,
Freude wird vertausendfacht.
Und wir stehen da und staunen,
wie der Himmel lacht,
wie uns der Himmel lacht.

Diese Nacht hat ein Geheimnis,
das nur sieht, wer sich aufmacht;
diese Nacht ist Nacht der Nächte,
weil der Himmel lacht,
weil uns der Himmel lacht.

Eugen Eckert

So wünsche ich mir Weihnachten

Es dauert gar nicht lange mehr
bis Weihnachten. Und dann,
dann zünden wir am Weihnachtsbaum
die Weihnachtskerzen an.

Das Weihnachtsglöckchen klingelt sacht
und lädt uns alle ein.
Die Weihnachtstür wird aufgemacht:
Pst!, Kinder, kommt herein!

Dann stehen wir vorm Weihnachtsbaum
und werden ganz, ganz still,
bis Mutti fragt, ob man vielleicht
jetzt etwas singen will.

Da fange ich ganz einfach an
mit einem Weihnachtslied.
Gleich stimmen froh die andern ein.
So singen alle mit.

Wir singen von der Heilgen Nacht
und von dem Kind im Stroh.
Von Gottes Liebe singen wir
und sind so richtig froh.

Dann meint der Vati: „Packt doch jetzt
die Weihnachtspäckchen aus!"
Da stürzen wir zum Weihnachtstisch,
und laut wird's jetzt zu Haus!

Was lange ein Geheimnis war,
das können wir jetzt sehn.
Und jeder ruft: „Seht, mein Geschenk
ist ganz besonders schön!"

Geschenke gibt's für Groß und Klein.
Auch Eltern kriegen was.
Wir sagen jedem Dankeschön
und haben unsern Spaß.

Die Weihnachtsplätzchen haben wir
dann auch schon längst entdeckt.
So mampfen wir vergnügt und froh,
weil jedes so gut schmeckt.

Dann singen wir noch „Stille Nacht".
Es schallt durchs ganze Haus.
Und gehn wir endlich dann ins Bett,
blas ich die Kerzen aus.

Rolf Krenzer

Eine Erzählung für Kinder

Ein Mädchen und ein Knabe fuhren in einer Kutsche von einem Dorf in das andere. Das Mädchen war fünf und der Knabe war sechs Jahre alt. Sie waren nicht Geschwister, sondern Cousin und Cousine. Ihre Mütter waren Schwestern. Die Mütter waren zu Gast geblieben und hatten die Kinder mit der Kinderfrau nach Hause geschickt.

Als sie durch ein Dorf kamen, brach ein Rad am Wagen, und der Kutscher sagte, sie könnten nicht weiterfahren. Das Rad müsse ausgebessert werden, und er werde es gleich besorgen.

„Das trifft sich gut", sagte die Niania, die Kinderfrau. „Wir sind so lange gefahren, dass die Kinderchen hungrig geworden sind. Ich werde ihnen Brot und Milch geben, die man uns zum Glück mitgegeben hat."

Es war im Herbst, und das Wetter war kalt und regnerisch. Die Kinderfrau trat mit den Kindern in die erste Bauernhütte, an der sie vorüberkamen.

Die Stube war schwarz, der Ofen ohne Rauchfang. Wenn diese Hütten im Winter geheizt werden, wird die Tür geöffnet, und der Rauch zieht so lange aus der Tür, bis der Ofen heiß ist.

Die Hütte war schmutzig und alt, mit breiten Spalten im Fußboden. In einer Ecke hing ein Heiligenbild, ein Tisch mit Bänken stand davor. Ihm gegenüber befand sich ein großer Ofen.

Die Kinder sahen in der Stube zwei gleichaltrige Kinder; ein barfüßiges Mädchen, das nur mit einem schmutzigen Hemdchen bekleidet war, und einen dicken, fast nackten Knaben. Noch ein drittes Kind, ein einjähriges Mädchen, lag auf der Ofenbank und weinte ganz herzzerreißend. Die Mutter suchte es zu beruhigen, wandte sich aber von ihm ab, als die Kinderfrau eine Tasche mit blinkendem Schloss aus dem Wagen ins Zimmer brachte. Die Bauernkinder staunten das glänzende Schloss an und zeigten es einander.

Die Kinderfrau nahm eine Flasche mit warmer Milch und Brot aus der Reisetasche, breitete ein sauberes Tuch auf dem Tisch aus und sagte: „So, Kinderchen, kommt, ihr seid doch wohl hungrig geworden?" Aber die Kinder folgten ihrem Ruf nicht. Sonja, das Mädchen, starrte die halbnackten Bauernkinder an und konnte den Blick nicht von ihnen abwenden. Sie hatte noch nie so schmutzige Hemdchen und so nackte Kinder gesehen und staunte sie nur so an. Petja aber, der Knabe, sah mal seine Cousine, mal die Bauernkinder an und wusste nicht, ob er lachen oder sich wundern sollte. Mit besonderer Aufmerksamkeit musterte Sonja das kleine Mädchen auf der Ofenbank, das noch immer laut schrie.

„Warum schreit sie denn so?", fragte Sonja.

„Sie hat Hunger", sagte die Mutter.

„So geben Sie ihr doch etwas."

„Gern, aber ich habe nichts."

„So, jetzt kommt", sagte die Niania, die inzwischen das Brot geschnitten und zurechtgelegt hatte.

Die Kinder folgten dem Ruf und traten an den Tisch. Die Kinderfrau goss ihnen Milch in kleine Gläschen ein und gab jedem ein Stück Brot. Sonja aber aß nicht und schob das Glas von sich fort. Und Petja sah sie an und tat das Gleiche. „Ist es denn wahr?", fragte Sonja, auf die Bauersfrau zeigend.

„Was denn?", fragte die Niania.

„Dass sie keine Milch hat?"

„Wer soll das wissen? Euch geht es nichts an."

„Ich will nicht essen", sagte Sonja.

„Ich will auch nicht essen", sprach Petja.

„Gib ihr die Milch", sagte Sonja, ohne den Blick von dem kleinen Mädchen abzuwenden.

„Schwatze doch keinen Unsinn", sagte die Niania. „Trinkt, sonst wird die Milch kalt."

„Ich will nicht essen, ich will nicht!", rief Sonja plötzlich. „Und auch zu Hause werde ich nicht essen, wenn du ihr nichts gibst."

„Trinkt ihr zuerst, und wenn etwas übrig bleibt, so gebe ich ihr."

„Nein, ich will nichts haben, bevor du ihr nicht etwas gegeben hast. Ich trinke auf keinen Fall."

„Ich trinke auch nicht", wiederholte Petja.

„Ihr seid dumm und redet dummes Zeug", sagte die Kinderfrau. „Man kann doch nicht alle Menschen gleichmachen! Das hängt eben von Gott ab, der dem einen mehr gibt als dem andern. Euch, Eurem Vater hat Gott viel gegeben."

„Warum hat er ihnen nichts gegeben?"

„Das geht uns nichts an – wie Gott will", sagte die Niania.

Sie goss ein wenig Milch in eine Tasse und gab diese der Bauersfrau. Das Kind trank und beruhigte sich.

Die beiden anderen Kinder aber beruhigten sich noch immer nicht, und Sonja wollte um keinen Preis etwas essen oder trinken. „Wie Gott will …", wiederholte sie. „Aber warum will er es so? Er ist ein böser Gott, ein hässlicher Gott, ich werde nie wieder zu ihm beten."

„Pfui, wie abscheulich!", sagte die Niania. „Warte, ich sage es deinem Papa."

„Du kannst es ruhig sagen, ich habe es mir ganz bestimmt vorgenommen. Es darf nicht sein, es darf nicht sein."

„Was darf nicht sein?", fragte die Niania.

„Dass die einen viel haben und die andern gar nichts."

„Vielleicht hat Gott es absichtlich so gemacht", sagte Petja.

„Nein, er ist schlecht, schlecht. Ich will weder essen noch trinken. Er ist ein schlimmer Gott! Ich liebe ihn nicht." Plötzlich ertönte vom Ofen herab eine heisere, vom Husten unterbrochene Stimme. „Kinderchen, Kinderchen, ihr seid liebe Kinderchen, aber ihr redet Unsinn."

Ein neuer Hustenanfall unterbrach die Worte des Sprechenden. Die Kinder starrten erschrocken zum Ofen hinauf und erblickten dort ein runzliges Gesicht und einen grauen Kopf, der sich vom Ofen herabneigte.

„Gott ist nicht böse. Kinderchen, Gott ist gut. Er hat alle Menschen lieb. Es ist nicht sein Wille, dass die einen Weißbrot essen, während die anderen nicht einmal Schwarzbrot haben. Nein, die Menschen haben es so eingerichtet. Und sie haben es darum getan, weil sie ihn vergessen haben."

Der Alte bekam wieder einen Hustenanfall.

„Sie haben ihn vergessen und es so eingerichtet, dass die einen im Überfluss leben und die anderen in Not und Elend vergehen. Würden die Menschen nach Gottes Willen leben, dann hätten alle, was sie nötig haben."

„Was soll man aber tun, damit alle Menschen alles Nötige haben?", fragte Sonja.

„Was man tun soll?", wisperte der Alte.

„Man soll Gottes Wort befolgen. Gott befiehlt, man soll alles in zwei Teile teilen."

„Wie, wie?", fragte Petja.

„Gott befiehlt, man soll alles in zwei Teile teilen."

„Er befiehlt, man soll alles in zwei Teile teilen", wiederholte Petja.

„Wenn ich einmal groß bin, werde ich das tun."

„Ich tue es auch", versicherte Sonja.

„Ich habe es eher gesagt als du!", rief Petja.

„Ich werde es so machen, dass es keine Armen mehr gibt."

„Na, nun habt ihr genug Unsinn geschwatzt", sagte die Niania. „Trinkt die Milch aus."

„Wir wollen nicht, wollen nicht, wollen nicht!", riefen die Kinder einstimmig aus. „Wenn wir erst groß sind, tun wir es unbedingt."

„Ihr seid brave Kinderchen", sagte der Alte und verzog seinen Mund zu einem breiten Lachen, dass die beiden einzigen Zähne in seinem Unterkiefer sichtbar wurden. „Ich werde es leider nicht mehr erleben. Ihr habt aber einen wackeren Entschluss gefasst. Gott helfe euch."

„Mag man mit uns machen, was man will", rief Sonja, „wir tun es doch!"

„Wir tun es doch", sagte auch Petja.

„Das ist recht, das ist recht", sprach der Alte lächelnd und hustete wieder. „Und ich werde mich dort oben über euch freuen", sprach er, nachdem der Husten vorbei war. „Seht nur zu, dass ihr's nicht vergesst."

„Nein, wir vergessen es nicht!", riefen die Kinder aus.

„Recht so, das wäre also abgemacht."

Der Kutscher kam mit der Nachricht, dass das Rad ausgebessert sei, und die Kinder verließen die Stube.

Was aber weiter sein wird, werden wir ja sehen.

Leo Tolstoi

Die Geschichte vom Weihnachtsbraten

Einmal fand ein Mann am Strand eine Gans. Tags zuvor hatte der Novembersturm getobt. Sicher war sie zu weit hinausgeschwommen, dann abgetrieben und von den Wellen wieder an Land geworfen worden. In der Nähe hatte niemand Gänse. Es war eine richtige weiße Hausgans.

Der Mann steckte sie unter seine Jacke und brachte sie seiner Frau: „Hier ist unser Weihnachtsbraten."

Beide hatten noch niemals ein Tier gehabt, darum hatten sie auch keinen Stall. Der Mann baute aus Pfosten, Brettern und Dachpappe einen Verschlag an der Hauswand. Die Frau legte Säcke hinein und darüber einen alten Pullover. In die Ecke stellten sie einen Topf mit Wasser.

„Weißt du, was Gänse fressen?", fragte sie.

„Keine Ahnung", sagte der Mann.

Sie probierten es mit Kartoffeln und mit Brot, aber die Gans rührte nichts an. Sie mochte auch keinen Reis und nicht den Rest vom Sonntagskuchen.

„Sie hat Heimweh nach anderen Gänsen", sagte die Frau.

Die Gans wehrte sich nicht, als sie in die Küche getragen wurde. Sie saß still unter dem Tisch.

Der Mann und die Frau hockten vor ihr, um sie aufzumuntern.

„Wir sind eben keine Gänse", sagte der Mann. Er setzte sich auf seinen Stuhl und suchte im Radio nach Blasmusik.

Die Frau saß neben ihm am Tisch und klapperte mit den Stricknadeln. Es war sehr gemütlich. Plötzlich fraß die Gans Haferflocken und ein wenig vom Napfkuchen.

„Er lebt sich ein, der liebe Weihnachtsbraten", sagte der Mann.

Bereits am anderen Morgen watschelte die Gans überall herum. Sie steckte den Hals durch offene Türen, knabberte an der Gardine und machte einen Klecks auf den Fußabstreifer.

Es war ein einfaches Haus, in dem der Mann und die Frau wohnten. Es gab keine Wasserleitung, sondern nur eine Pumpe. Als der Mann einen Eimer voll Wasser pumpte, wie er es jeden Morgen tat, ehe er zu Arbeit ging, kam die Gans, kletterte in den Eimer und badete. Das Wasser schwappte über, und der Mann musste noch einmal pumpen.

Im Garten stand ein kleines Holzhäuschen, das war die Toilette. Als die Frau dorthin ging, lief die Gans hinterher und drängte sich mit hinein. Später ging sie mit der Frau zusammen zum Bäcker und in den Milchladen.

Als der Mann am Nachmittag auf seinem Rad von der Arbeit kam, standen die Frau und die Gans an der Gartenpforte.

„Jetzt mag sie auch Kartoffeln", erzählte die Frau.

„Brav", sagte der Mann und streichelte der Gans über den Kopf, „dann wird sie bis Weihnachten rund und fett."

Der Verschlag wurde nie benutzt, denn die Gans blieb jede Nacht in der warmen Küche. Sie fraß und fraß. Manchmal setzte die Frau sie auf die Waage, und jedes Mal war sie schwerer.

Wenn der Mann und die Frau am Abend mit der Gans zusammensaßen, malten sich beide die herrlichsten Weihnachtsessen aus.

„Gänsebraten und Rotkohl, das passt gut", meinte die Frau und kraulte die Gans auf ihrem Schoß. Der Mann hätte zwar statt Rotkohl lieber Sauerkraut gehabt, aber die Hauptsache waren für ihn die Klöße.

„Sie müssen so groß sein wie mein Kopf und alle genau gleich", sagte er.

„Und aus rohen Kartoffeln", ergänzte die Frau.

„Nein, aus gekochten", behauptete der Mann.

Dann einigten sie sich auf Klöße halb aus rohen und halb aus gekochten Kartoffeln. Wenn sie ins Bett gingen, lag die Gans am Fußende und wärmte sie.

Mit einem Mal war Weihnachten da. Die Frau schmückte einen kleinen Baum. Der Mann radelte zum Kaufmann und holte alles, was sie für den großen Festschmaus brauchten. Außerdem brachte er ein Kilo extrafeine Haferflocken.

„Wenn es auch ihre letzten sind", seufzte er, „so soll sie doch wissen, dass Weihnachten ist."

„Was ich sagen wollte", meinte die Frau, „wie, denkst du, sollen wir … ich meine … wir müssten doch nun …"

Aber weiter kam sie nicht.

Der Mann sagte eine Weile nichts. Und dann: „Ich kann es nicht."

„Ich auch nicht", sagte die Frau. „Ja, wenn es eine x-beliebige wäre. Aber nicht diese hier. Nein, ich kann es auf gar keinen Fall."

Der Mann packte die Gans und klemmte sie in den Gepäckträger. Dann fuhr er auf dem Rad zum Nachbarn. Die Frau kochte inzwischen den Rotkohl und machte die Klöße, einen genauso groß wie den anderen.

Der Nachbar wohnte ziemlich weit weg, aber doch nicht so weit, dass es eine Tagesreise hätte werden müssen. Trotzdem kam der Mann erst am Abend wieder. Die Gans saß friedlich hinter ihm.

„Ich habe den Nachbarn nicht angetroffen, da sind wir etwas herumgeradelt", sagte er verlegen.

„Macht gar nichts", rief die Frau munter. „Als du fort warst, habe ich mir überlegt, dass es den feinen Geschmack des Rotkohls und der Klöße nur stört, wenn man noch etwas anderes dazu auftischt."

Die Frau hatte recht, und sie hatten ein gutes Essen. Die Gans verspeiste zu ihren Füßen die extrafeinen Haferflocken. Später saßen sie alle drei nebeneinander auf dem Sofa in der guten Stube und sahen in das Kerzenlicht.

Übrigens kochte die Frau im nächsten Jahr zu den Klößen zur Abwechslung Sauerkraut. Im Jahr darauf gab es zum Sauerkraut breite Bandnudeln. Das sind so gute Sachen, dass man nichts anderes dazu essen sollte.

Inzwischen ist viel Zeit vergangen. Gänse werden sehr alt.

Margret Rettich

Weihnachten

Was würdest Du machen,
wenn Weihnachten wär'
und kein Engel würde singen?
Es gäbe auch keine Geschenke mehr,
kein „Süßer-die-Glocken-nie-klingen".
Im Fernsehen hätte der Nachrichtensprecher
Weihnachten glatt vergessen.
Und niemand auf der ganzen Welt
würde Nürnberger Lebkuchen essen.
Die Nacht wäre kalt.
Dicke Schneeflocken fielen,
als hätt' sie der Himmel verloren.
Und irgendwo in Afghanistan
würde ein Kind geboren.
In einem Stall, stell es Dir vor.
Die Eltern haben kein Haus.
Was glaubst Du,
wie ginge wohl dieses Mal
eine solche Geschichte aus?

Jutta Richter

Tierweihnacht

Das Eichhorn feiert Weihnachten mit Nüssen,
Mit vielen Nüssen, irgendwo im Baum.
Forellen schießen Purzelbäume in Flüssen,
Das Murmeltier träumt einen Sommertraum.

Die Krähe krächzt: Recht gute Feiertage!
Die kleinen Spatzen zwitschern: Recht viel Spaß!
Der Uhu macht wie stets die Nacht zum Tage
Und fängt die Maus als Weihnachtsabendfraß.

Der Eisbär auf dem Eisberg winkt den Vögeln.
Der Braunbär dreht sich wohlig um im Bau.
Die Möwen, die im Winterwinde segeln,
Fangen zum Fest sich einen Kabeljau.

Die Unke übt ein freundliches Gemunkel,
Der Käfer hockt vergnügt im warmen Mist,
Und manches Schaf erinnert sich ganz dunkel,
Dass dieses Fest der Tag der Hirten ist.

Die schwankenden Kamele in der Wüste
Erzählen sich beim Lagern irgendwo,
Dass einst ein Kindchen die Kamele grüßte,
Das auf dem Esel nach Ägypten floh.

Nur Ochs und Esel stehen an den Seiten
Der Futterkrippe ganz versunken da.
Sie wissen, was vor langen, langen Zeiten
An einer Krippe unterm Stern geschah.

James Krüss

Nicht an Heiligabend!

Nein!", rief ich. „Nicht an Heiligabend! Der kann von mir aus vor Weihnachten kommen und nach Weihnachten, auch zu Ostern, aber nicht an Heiligabend!"

„Doch", sagte unsere Mutter. „Ich habe ihn bereits eingeladen."

„Es wird ein bescheuerter Abend", murrte ich.

„Für Ben wird es hoffentlich schön", sagte Mutter.

Meine Schwester Lina war vierzehn, ich war zwölf und Ben elf. Seit einem halben Jahr besuchte Ben uns jeden Dienstagnachmittag. Bens Mutter konnte nicht für ihn sorgen, seinen Vater kannte er gar nicht. Ben war seit seinem vierten Lebensjahr im Heim.

Mit Ben konnte man nicht spielen, und reden konnte man auch nicht mit ihm. Er konnte keinen Augenblick ruhig bleiben. Er war ein Zappelphilipp. Meistens lief er nur durch das Haus, nahm Gegenstände in die Hände, legte sie irgendwo anders hin, oder er ließ das eine oder andere in seinen Taschen verschwinden. Auch wenn er schon einige Nachmittage bei uns verbracht hatte, hatte ich mich nicht so recht mit ihm anfreunden können. Lina mochte ihn auch nicht sonderlich. Aber seitdem Ben uns besuchte, kam ich mit ihr besser klar als früher.

Wir waren uns darin einig, dass Ben ziemlich anstrengend war.

„Wir müssen Geduld haben mit ihm", sagte Mutter immer.

Einen Nachmittag in der Woche könnte man ja Geduld üben.

Bloß Weihnachten …! Und ausgerechnet Heiligabend. Der schönste Tag des Jahres.

„Ich packe kein Geschenk aus, solange Ben da ist. Er macht nur alles kaputt", sagte ich zu Lina.

„Es gibt doch viele Kinder in so einem Heim. Bestimmt auch etwas einfachere. Wieso hast du Ben ausgesucht?", fragte Lina Mutter.

„Kinder sucht man nicht aus. Weder die eigenen noch die aus dem Heim. Man geht nicht hin und sagt: ‚Ich hätte gerne ein nettes einfaches Kind, das sich gut benimmt, keine Arbeit macht und uns nur Freude bereitet.' Solche Kinder gibt es in einem Heim nicht. Die gibt es nicht einmal in diesem Haus", antwortete sie.

„Verstehe", sagte Lina beschämt. Eigentlich hatte sie weniger Schwierigkeiten mit Ben, als ich.

Ob wir einkaufen waren, spazieren gingen oder den Nachmittag bei uns zu Hause verbrachten, immer hing Ben wie eine Klette an mir. Wenn er in meinem Zimmer war, nahm er Bücher aus dem Regal und legte sie aufs Bett, er setzte sich an meinen Computer, um Spiele zu machen, er kritzelte mit seinem Füller auf dem Mauspad. Er brachte alles durcheinander und ging mir auf die Nerven.

Vor Weihnachten redete Ben begeistert und pausenlos über den Heiligabend. Er fragte mich auch, was ich ihm denn schenken würde.

„Wie kommst du darauf, dass ich dir überhaupt etwas schenke?", fragte ich zurück.

Ben wurde verlegen. „Du brauchst mir auch gar nichts zu schenken. Meine Mutter schenkt mir was, wenn sie wieder gesund ist und zum Einkaufen kommt."

„Was hat sie denn?", fragte ich.

„Weiß nich. Ist krank", sagte Ben, nahm die Zeitung vom Tisch und tat so, als würde er lesen. Nach einer Weile sprang er auf, rannte in die Küche und von der Küche in den Keller. Und vom Keller wieder nach oben.

„Freust du dich, dass ich Heiligabend bei euch bin?", fragte er Lina dann.

„Klar, ist okay", antwortete Lina.

„Echt?", fragte Ben.

„Wenn ich es sage! Warum fragst du überhaupt?"

„Weil – na ja, Jörg freut sich nicht", sagte er.

„Hat er das gesagt?", fragte Lina.

„Jaa", sagte Ben.

Ich rief wütend: „Du lügst! Ich habe nie gesagt, dass ich mich nicht freue, wenn du Heiligabend bei uns bist. Darüber haben wir doch gar nicht gesprochen!"

Ben drehte sich um und ging ins Wohnzimmer.

„Ich glaube, ich muss jetzt gehen", sagte er.

„Was ist denn mit dir los?", fragte Mutter. „Es ist ja noch gar nicht so spät. Hast du es eilig, wieder ins Heim zu kommen?"

Ben nickte und zog seine Jacke an.

„Ist etwas vorgefallen?", fragte Vater.

Ben schüttelte den Kopf. Vater seufzte und zog auch seine Jacke an.

Als er Ben ins Heim gebracht hatte, rief er Lina und mich zu sich.

„Lina und Jörg, ist etwas passiert oder gesagt worden, das Bens Gefühle verletzt hat?", fragte er.

„Ich habe nichts Besonderes gesagt oder getan, jedenfalls nichts Schlimmes", beteuerte ich.

„Ich auch nicht", sagte Lina.

Mutter sah Lina und mich traurig und enttäuscht an.

Am nächsten Tag rief die Leiterin des Heims an und teilte mit, dass Ben sich entschlossen hätte, den Heiligabend im Heim zu verbringen.

Wir suchten einen Tannenbaum aus, backten die letzten Plätzchen und den Zimtkuchen, packten die Geschenke ein und schrieben Weihnachtspost. Wir nahmen Pakete und Briefe in Empfang, aber wir konnten uns nicht so darüber freuen wie in den anderen Jahren.

Am Abend schaute ich meine E-Mails an und fand eine Nachricht von Ben.

Lieber Jörg

Ich weis, das ich unmöklich bin. Aber dafür kann meine Mutter nichts. Sie ist krank und es geht dich nihts an. Ich hatte gehofft, das du ein wenik mein Bruder bist. Weil ich keinen habe. Aber ich will keinen Bruder, der mich niht leiden mag. Meine Mutter mak mich, aber sie ist krank. Wenn sie gesund ist, gehe ich zu ihr und sie freut sich. Dein Geschenk war ein Buch mit Witzen.

Fröhlihe Weichnahten! Ben

Am nächsten Morgen standen Lina und ich früh auf. Ich schrieb einen Zettel für unsere Eltern: Wir müssen noch etwas erledigen. Wir sind in ein paar Stunden zurück. Dann fuhren wir zu dem Kinderheim.

Ich war nervös. Ich hatte Angst, dass wir Ben nicht mehr dort vorfänden oder dass er nicht mehr zu uns kommen wollte.

Wir hörten Bens laute Stimme schon von Weitem.

Ein paar Sekunden später rannte er mit zwei kleineren Kindern über den Flur.

„Ben!", rief ich. Ben blieb stehen und drehte sich um.

„Wir wollten dich abholen", sagte Lina.

Ben schüttelte den Kopf.

„Ich würde mich freuen, wenn du mitkämest", sagte ich.

Ben sah mich misstrauisch an. Ich lächelte verlegen.

„Ich weiß nicht, ob ich darf", meinte Ben.

Lina und ich gingen mit Ben zu der Heimleiterin. Sie schüttelte verärgert den Kopf und seufzte: „So geht das aber nicht! Alle fünf Minuten etwas anderes."

„Jörg freut sich, wenn ich am Heiligabend bei ihm zu Hause bin!", sagte Ben.

„Ja, ja, kann schon sein, nur weißt du anscheinend nicht, was du willst. Erst hü und dann hott. Damit bringst du alle durcheinander!", sagte die Heimleiterin. „Na gut, meinetwegen, dann wünsche ich dir einen schönen Heiligabend, Ben!"

Ben verbrannte sich die Finger, als er die Kerzen am Tannenbaum anzünden wollte. Er stieß sein Saftglas um und ein Teil des Orangen-

saftes landete auf der Ente. Zwischendurch rannte er die Kellertreppe rauf und runter. Er hörte keinem zu und er wollte auch kein Spiel machen. Aber seine Augen strahlten, und als wir zusammen Weihnachtslieder sangen, wurde er ruhig und sang begeistert mit.

„Musik finde ich toll", sagte er.

Kurz vor der Bescherung fiel mir ein, dass ich kein Geschenk für Ben hatte.

Plötzlich hatte ich eine Idee und keine Zeit zu überlegen, ob ich zu meinem Einfall auch stand. Ich schrieb Bens Namen auf eines der Geschenke, das für mich gedacht war.

Als Ben das Geschenk ausgepackt hatte, schrie er laut: „Mensch!" Es war der Walkman, den ich mir schon lange gewünscht hatte. Ben legte eine Kassette rein, nahm die Ohrhörer und rannte mit dem Walkman die Treppe hoch und wieder runter. Dann setzte er sich in eine Ecke des Wohnzimmers, wurde still, hörte zu, nickte mit dem Kopf und lächelte.

Als die Kassette zu Ende war, nahm Ben die Stöpsel aus den Ohren und sagte: „Ein Spitzengeschenk!"

„Dafür kannst du dich bei Jörg bedanken", sagte Vater.

Ben sah Jörg an: „Super! Danke! Ich hatte schon Angst, dass du mich nicht leiden magst."

„Klar mag ich dich", sagte ich. Und irgendwie war es nicht einmal gelogen.

Marjaleena Lembcke

Ob die auch Weihnachten feiern?

Neben unserem Haus ist das Hotel Schwarzer Schwan. Das stand lange leer. Jetzt wohnen achtzig fremde Leute drin. Die meisten sehen anders aus als wir. Sie haben braune Haut und schwarze Augen und Haare. Asylanten heißen sie. Mutti hat gesagt, wo die herkommen, geht's den Leuten nicht so gut wie bei uns. Da hungern viele.

Auch Kinder wohnen im Schwarzen Schwan. Ein paar von ihnen gehen in meine Schule. Sie haben ganz komische Namen. Und sie können nicht so sprechen wie wir. Die Jungen sind sehr frech, sie strecken die Zunge heraus, stellen anderen das Bein und prügeln sich mit ein paar Jungen von uns herum, die auch so wild sind.

Eines der Mädchen sitzt neben mir. Surija heißt sie – oder so ähnlich. Sie wischt sich die Nase mit dem Ärmel ab, aber sonst ist sie sehr nett. Sie kann besser Springseil springen als ich. In der Pause spielen wir immer zusammen. Im Lesen helfe ich ihr, weil sie noch fast nichts lesen kann. In den Strümpfen hat sie oft Löcher. Sie hat mich schon mal mitgenommen in den Schwarzen Schwan. Da hab ich zwischen ihr und ihrer Mutter am Tisch gesessen und hab mitgegessen. Surja hat drei Brüder und eine Schwester. Und ihr Vater hat einen buschigen Schnurrbart.

Zwei Familien sind aus unserem Haus schon ausgezogen, weil sie nicht neben Asylanten wohnen wollen. Aber ich bleibe vor dem Schwarzen Schwan oft stehen und schaue zu, wie die Asylantenkinder spielen und die Asylanten-Großen reden. Das ist spannend, auch wenn ich nichts verstehe. Als ob ich aus einem fremden Land wäre. In unserem Hause den anderen zuzusehen, ist längst nicht so aufregend. Die leben ja alle ganz ähnlich wie wir. Aber im Schwarzen Schwan, die machen andere Bewegungen als wir. Die verziehen das Gesicht anders als wir. Bei ihnen riecht das Essen anders, und die Kinder sind bis spätabends auf. Oft singen die Familien gemeinsam – und wie laut! Bei uns im Haus singt niemand. Da hört man nur Radios und Fernseher. Aber wenn die Asylanten sich wehtun, weinen sie genauso wie wir. Ob die auch Weihnachten feiern? Jedenfalls hab ich eine kleine Überraschung für sie vor. Ich backe nämlich in der Adventszeit mit Mutti Plätzchen. Eine große Büchse voll Plätzchen darf ich austeilen, an wen ich will. Mit der Büchse will ich in den Schwarzen Schwan gehen und die Plätz-

Ein Tännlein aus dem Walde

chen austeilen an alle, die dort wohnen. Damit sie sehen, wie unsere Weihnachtsplätzchen schmecken.

Ob ich auch den frechen Jungen welche geben soll? Ich glaube ja. Vielleicht werden sie davon ein bisschen freundlicher. Vielleicht sind sie nur so frech, weil sie sich schämen, dass sie anders sind als wir. Und arm sind. Und merken, dass viele von uns sie nicht mögen. Jeder ist in einem anderen Land anders. Auch wir. Als wir mal unseren Urlaub in Spanien verbracht haben, sahen wir auch anders aus als die meisten, die dort lebten.

Ich finde es viel interessanter, wenn schwarze, braune und weiße Menschen zusammenleben. Und freundlich zueinander sind.

Jedenfalls: Frohe Weihnacht! Meine Eltern sagen, wer Lust hat, kann an den Feiertagen kommen. Auch wenn ihr noch nicht deutsch sprechen könnt.

Gudrun Pausewang

Ein Tännlein aus dem Walde,
und sei es noch so klein,
mit seinen grünen Zweigen
soll unsere Freude sein!

Wir wollen schön es schmücken
mit Stern und Flittergold,
mit Äpfeln und mit Nüssen
und Lichtlein wunderhold.

Es stand im Schnee und Eise
in klarer Winterluft;
nun bringt's in unsre Stuben
des frischen Waldesduft.

Und sinkt die Weihnacht nieder,
dann gibt es lichten Schein,
der leuchtet Alt' und Jungen
ins Herz hinein.

Albert Sergel

Welch Geheimnis ist ein Kind

Welch Geheimnis ist ein Kind!
Gott ist auch ein Kind gewesen.
Weil wir Kinder Gottes sind,
kam ein Kind, uns zu erlösen.
Welch Geheimnis ist ein Kind!
Wer dies einmal je empfunden,
ist den Kindern aller Zeit
durch das Jesuskind verbunden.

Welche Würde trägt ein Kind!
Sprach „das Wort" doch selbst die Worte:
„Die nicht wie die Kinder sind,
gehen nicht ein zur Himmelspforte."
Welche Würde trägt ein Kind!
Wer dies einmal je empfunden,
ist den Kindern aller Zeit
durch das Jesuskind verbunden.

O wie heilig ist ein Kind!
Nach dem Wort von Gottes Sohne
alle Kinder Engel sind,
wachend vor des Vaters Throne.
O wie heilig ist ein Kind!
Wer dies einmal je empfunden,
ist den Kindern aller Zeit
durch das Jesuskind verbunden.

Clemens Brentano

„Herodes, ach, du böser Mann …"

Reichenberg in Böhmen, Anfang der dreißiger Jahre: Weihnachten an der Rudolfschule. Das bedeutete für unsere Klasse jedes Mal die Vorbereitung eines Weihnachtsspiels, häufig einem früheren Jahrgang der Schülerzeitschrift „Deutsche Jugend" entnommen. An zwei dieser Stücke erinnere ich mich noch gut. Das eine hieß „Weihnachten im Märchenwald", das andere war das Spiel vom König Herodes. In dem ersten Stück kamen allerlei Zwerge und andere Märchenfiguren vor, die ihre Vorbereitungen für den Heiligen Abend trafen und dann auch wirklich vom Christkind aufgesucht und beschenkt wurden. Das für unsere Verhältnisse sehr aufwändige Bühnenbild wurde am Feierabend unter Mithilfe bastelfreudiger Väter hergestellt, für die Kostüme und Requisiten sorgten unsere Mütter und Tanten. Die Hauptprobe fand am vorletzten Schultag vor Beginn der Weihnachtsferien statt, und zwar, wie sich das für eine richtige Generalprobe gehört, vor Publikum, bestehend aus den Kindern und Lehrern der benachbarten Schulklassen. Zur eigentlichen Aufführung am darauf folgenden Nachmittag versammelten sich die Mütter, Tanten und Großeltern. Auch manche Väter pflegten sich eigens zu diesem Zweck den Nachmittag frei zu nehmen. Wir spielten unsere Rollen als Darsteller, Statisten und Kulissenschieber voller Aufre-

gung und Herzklopfen. Hin und wieder blieb einer der Hutzelmänner im Text stecken und erblasste vor Schreck unter der roten Zipfelmütze. Dann wurde ihm von allen Seiten eingesagt, also soufliert. Wir hatten ja alle den vollständigen Text im Kopf. Aber meistens konnte der Unglückswurm aus dem Gewirr von Stichworten, die ihm zugezischt wurden, erst recht nicht schlau werden – bis sich dann der Herr Lehrer Effenberger durch ein halblautes Räuspern Gehör verschaffte und selbst den Part des Nothelfers übernahm. Im Übrigen pflegte er dafür zu sorgen, dass auch die weniger begabten Kinder der Klasse irgendwie an der Aufführung mitwirken konnten. Noch heute sehe ich den sonst so scheuen, ein wenig linkischen Hampel Hugo vor mir, wie er ängstlich auf einer Klappleiter hinter dem Seitenvorhang steht und es unter dem Beifall des Publikums schneien lässt, indem er aus einem Henkelkorb kleine weiße Papierschnipsel auf die Bühne streut. Ohne ein einziges Wort zu sagen, ja ohne sich überhaupt zeigen zu müssen, hat er mit seinem papierenen Schneegestöber einen wichtigen Beitrag zum Gelingen unseres Stücks geleistet: aus der Sicht seiner großen, ein wenig hervorquellenden Augen vielleicht sogar den wichtigsten Beitrag von allen. In besonders lebhafter Erinnerung ist mir das Spiel vom König Herodes geblieben.

Da sind wir schon älter gewesen, es mag in der vierten oder fünften Volksschulklasse gewesen sein. Den Text hatte der Herr Fachlehrer Adolf König von der Bürgerschule nach volkstümlich überlieferten Bruchstücken eines alten nordböhmischen Dreikönigsspiels zusammengestellt. In früheren Zeiten waren arme Leute damit in der Stadt und auf den benachbarten Dörfern von Haus zu Haus gezogen. Die Heiligen Drei Könige aus dem Morgenland treten auf, vorneweg der Mohrenkönig mit dem an einer Stange befestigten Weihnachtsstern. Die eine Seite des Sterns ist mit Goldpapier beklebt, die andere mit Ruß geschwärzt. Im Haus des Königs Herodes angekommen, dreht der Mohrenkönig den Stern mit der schwarzen Seite nach vorn: Der Weihnachtsstern hat sich verdunkelt. Erst nachdem die drei Könige sich mit dem bösen König Herodes beraten haben und weiterziehen, beginnt er nach entsprechender Gegendrehung wieder in purem Golde zu strahlen und führt sie nach Betlehem. Vergeblich wartet der böse König Herodes auf die Rückkehr der morgenländischen Majestäten, dann befiehlt er in seiner Tücke den betlehemitischen Kindermord, der alsbald vollzogen wird: Wenige Sekunden nach Entgegennahme des Mordbefehls kehrt der in die Stadt Davids entsandte Hauptmann zurück, präsentiert dem König sein blutiges Schwert und meldet ihm, der schlimme Auftrag sei ausgeführt.

Dem König Herodes bleibt indessen nur wenig Zeit, sich der vermeintlichen Entledigung seines Nebenbuhlers zu erfreuen. Schon tritt, im schwarzen Kapuzenmantel, unser Mitschüler Karli Schäfer in Gestalt des Todes an ihn heran und rafft ihn zur Strafe für seine Meucheltat mit der Sense dahin: „Herodes, ach, du böser Mann, / Des Frevels ist genug getan! / Nun musst hinweg du mit mir gehn:/ Um deine Seele ist's geschehn!" Von dieser Aufführung existiert ein Foto, eines der wenigen, die ich aus meiner Kindheit besitze. Alle Mitspieler sind um den König Herodes versammelt, der Tod steht im Hintergrund schon bereit. Herodes, jeder Zoll ein Tyrann, deutet mit der Rechten gebieterisch in die Ferne, vermutlich in Richtung Betlehem, sogleich wird der Hauptmann das Schwert zücken. Eine Szene von höchster Dramatik kurzum, die gleichwohl nicht ganz einer gewissen unfreiwilligen Komik entbehrt. Zeigt es sich doch bei genauerem Hinsehen, dass der Schnauzbart des königlichen Wüterichs merkwürdig tief und schräg unter dessen Nase hängt … Der König Herodes bin ich gewesen. Da der Bruder meines Vaters am Reichenberger Stadttheater als Maskenbildner beschäftigt war, hatte ich mir beim Onkel Franz für die Herodesrolle nicht nur eine echte Königskrone von vergoldetem Blech aus dem Theaterfundus geliehen, sondern überdies noch Perücke und Bart. Der Onkel Franz hatte mir ursprünglich zu einem leichteren Bärtchen geraten, ich aber wollte unbedingt einen richtigen dicken Bart haben, wie er sich für den König Herodes geziemte. „Na gut", hat der Onkel schließlich mit einem Achselzucken gemeint. „Dann nimm den hier. Hoffentlich kommst du damit zurecht." Ach, hätte ich doch auf den Rat des Fachmanns gehört! Noch heute spüre ich den eigenartigen Geruch in der Nase, der von Bart und Perücke ausging. Ein etwas süßlicher Duft nach Puder, Schminke und Bühnenstaub. Der Bart, dazu bestimmt, mir ein besonders martialisches Aussehen zu verleihen, wurde mit Mastix festgeklebt. Doch sei es nun, dass ich den Klebstoff zu sparsam aufgetragen, sei es auch, dass ich den Unglücksbart nicht genügend lang festgedrückt hatte: Jedenfalls geriet er mir bald nach Beginn der Vorstellung langsam, jedoch unaufhaltsam ins Rutschen. Was also tun? Während ich den Heiligen Drei Königen zuhörte, legte ich, wie im Nachsinnen, die Hand an den Bart und versuchte, ihn wieder festzudrücken. Diese Prozedur wiederholte ich von jetzt an bei jeder sich bietenden Gelegenheit, wobei mir der Angstschweiß auf die Stirn trat und übers Gesicht herablief – ein Umstand, der noch zusätzlich dazu beitrug, dass der verdammte Bart immer rettungsloser an Halt verlor, sodass ich ihn immer öfter festdrücken musste; ein schier aussichtsloser Zweikampf, den ich um Haaresbreite verloren hätte, wäre nicht endlich der Tod mit seiner hölzernen Sense erschienen, um mich aus meinem verruchten Dasein hinwegzuraffen: „Herodes, ach, du böser Mann!" Die hohle Grabesstimme vom Schäfer Karli – alle Schalmeien der Welt waren nichts dagegen! Tod, wo blieb dein Stachel, ich war gerettet! Glücklicherweise hatten die Zuschauer nichts bemerkt. Meiner Mutter war lediglich aufgefallen, ich hätte mir ungewöhnlich oft an die königlich herodische Nase gegriffen, was sie als ein Zeichen von Lampenfieber missdeutet hatte, wie ich einer Bemerkung beim Nachtmahl entnahm. Das Foto stammt übrigens vom Vater des Mohrenkönigs, dem Herrn Fotografen Neschnera aus der Schückerstraße. Die Aufnahme, nach der Aufführung unter Beachtung aller damals erforderlichen fotografischen Sorgfalt angefertigt, war selbstverständlich nachgestellt. Wie es dennoch dazu kommen konnte, dass ich mit verrutschtem Bart darauf verewigt bin, ist mir schleierhaft. Das schon recht angegilbte Bild ist mir vor Jahren von einem ehemaligen Mitschüler zugesandt worden. Als ich es zum ersten Mal wieder in Händen hielt, hab ich ihn wieder ganz deutlich gespürt: den Duft von Schminke, Puder und Bühnenstaub. Und den Angstschweiß, der mir über Stirn und Wangen herablief, bis der Tod mit der Sense mir die Erlösung brachte.

Erinnerungen an ein Weihnachtsspiel
von Otfried Preußler

Ist ein Kind geboren

Ist ein Kind geboren in der Weihnachtsnacht,
hat uns Gottes Liebe in die Welt gebracht.

Josef und Maria gingen weit, so weit,
fanden nur den Stall noch in der Dunkelheit.
In das Stroh der Krippe legten sie das Kind,
schützten es mit Decken vor dem kalten Wind.
Ist ein Kind …

Schliefen bei den Schafen Hirten in der Nacht.
Als die Engel sangen, sind sie aufgewacht.
Seht, die Engel standen nachts im hellen Licht.
Kündeten den Hirten: „Fürchtet euch doch nicht!"
Ist ein Kind …

Ist das größte Wunder heute Nacht geschehn,
liefen gleich die Hirten, um es anzusehn.
Liefen zu dem Stall und beteten es an,
dankten Gott für alles, was er hier getan.
Ist ein Kind …

Folgten auch drei Weise einem hellen Stern,
zogen weit und fanden in dem Stall den Herrn.
Über Stall und Krippe, durch die Dunkelheit
strahlt der Stern der Hoffnung heut und alle Zeit.
Ist ein Kind …

Rolf Krenzer

David und die Weihnachtsgeschichte

David, das ist der Name des Hirtenknaben aus der Bibel, der den Riesen Goliat mit seiner Steinschleuder besiegte und später ein großer König wurde.

Und David heißt der kleine Junge, von dem ich euch erzählen will.

Er war ein fröhlicher kleiner Junge mit braunen Augen, die wie zwei Kastanien glänzten. Und obgleich er wie David, der Hirtenknabe, tapfer war und sich zu wehren wusste, hatte er doch ein warmes Herz. Er half Menschen und Tieren, wo er konnte. Ja, er half sogar den Sträuchern und Blumen, wenn er sah, dass sie dürsteten.

Als er in die Schule kam, gefiel ihm zuerst das Stillsitzen nicht sehr, und er pflegte mit seinen Sandalen kleine klappernde Geräusche zu machen, so, als liefe er über Stock und Stein. Der Lehrer, der ihn gern mochte, ließ ihn gewähren, er hatte als kleiner Junge genau dasselbe Geräusch mit seinen Sandalen probiert.

Als Weihnachten näher und näher rückte, bestürmten die Kinder ihren Lehrer um ein Weihnachtsstück, das sie bei der Weihnachtsfeier spielen wollten.

„Warum nicht", sagte der Lehrer. „Wie wär's mit der Weihnachtsgeschichte? Sie ist doch die schönste von allen Geschichten, und ihr kennt sie ja jetzt schon auswendig."

Da umtanzten die Kinder ihren Lehrer vor Freude, und dann stürzten sie nach Hause, und es war keine Kleinigkeit für sie, das Geheimnis zu bewahren. Denn ein Geheimnis sollte es bleiben bis zum Abend der Aufführung, das hatten sie dem Lehrer versprochen. Natürlich ist es gar nicht so einfach, in einem kleinen Dorf, in dem jeder den andern kennt, ein Geheimnis zu bewahren, so sehr vertrauten die Dorfbewohner einander, dass sie sogar nachts nicht einmal ihre Haustüren abschlossen.

„Warum sollten wir das auch tun?", sagten sie zueinander. „Unser Dorf liegt weit weg von der großen Landstraße und den lauten Städten, Reichtümer gibt es bei uns sowieso nicht zu holen, wir müssen uns nicht vor Dieben fürchten."

Und wirklich, trotz der unverschlossenen Haustüren geschah nie etwas Böses. Aber ich muss schon sagen, es war ein ganz besonderes Dorf, und wenn ihr dort nicht wohnt, nehmt doch lieber den Schlüssel und schließt eure Türen ab!

Als es an das Verteilen der Rollen ging, da wollten natürlich alle Maria oder Josef spielen, manche auch die Hirten oder die Heiligen Drei Könige aus dem Morgenland, die plötzlich den neuen, funkelnden Stern am Himmel entdeckten.

„Du bekommst die Rolle eines Herbergsvaters, der Maria und Josef von seiner Tür weist", sagte der Lehrer zu David. „Du bist groß für dein Alter und wirst es schon recht machen."

David erschrak. Wie sollte er einen Herbergsvater spielen, der Maria und Josef fortjagte, es war die allerletzte Rolle, die er spielen wollte. Aber er war zu scheu, um den Lehrer um eine andere Rolle zu bitten, und schließlich war er, David, wirklich einer der größten der Klasse. So fügte er sich, wohl oder übel.

Dann begannen die Proben und es war gar nicht so leicht, in das Gewand und Leben derjenigen zu schlüpfen, deren Geschichte die Kinder so oft gehört, deren Bilder sie so viele Male in der Bibel betrachtet hatten. Sie selbst waren die Kinder des Zeitalters der Autos und Flugzeuge, der Mondraketen und Roboter, sie trugen Jeans und Pullover mit Rollkragen und Reißverschluss. Ja, sogar in ihr kleines Dorf war die neue Zeit eingezogen, auch wenn die Leute ihre Haustüren nicht abschlossen.

David erhielt das Gewand eines Herbergsvaters aus biblischer Zeit – das war aus Kartoffelsäcken zusammengeschneidert und blau wie der blauste Himmel eingefärbt. Das Gewand schlotterte um seine Beine, und mehr als einmal verwickelte er sich darin und fiel zu Boden. Am liebsten wäre er da liegen geblieben, so elend kam er sich in seiner Rolle als der harte Herbergsvater vor.

„Alles ist überfüllt in Betlehem", hatte er zu sagen, „und für Leute wie euch gibt es sowieso keinen Platz in meiner Herberge. Macht, dass ihr weiterkommt!" Und damit hatte er die Tür zuzuschlagen und mit einem knarrenden Geräusch den Schlüssel im Schloss zu drehen.

David spielte seine Rolle so schlecht, dass der Lehrer nur so den Kopf schüttelte.

„Du bist doch sonst unter den Besten. Was ist dir nur über die Leber gekrochen? Es gehört doch nicht viel dazu, die zwei Sätze zu sprechen. Maria und Josef müssen zehn Mal so viel sagen, und sogar die Tiere – die Lämmer, die Ziegen, die Hunde und erst recht das Eselein – sprechen ja in der Heiligen Nacht, und mehr als du!"

David senkte die Augen, die wie zwei Kastanien glänzten, und gab keine Antwort. Wie hätte er sonst dem Lehrer auch erklären können, dass dies die allerletzte Rolle sei, die er spielen wolle, es fehlten ihm ganz einfach die Worte dazu.

Und so kam der Abend der Aufführung, der Saal war voll von Menschen, sogar aus den Nachbardörfern waren sie gekommen. Vorne saßen der Pfarrer und der Lehrer, sie sahen sehr würdevoll aus, und dann ertönte ein Glöckchen als Klingelzeichen und das Spiel begann.

David war einer der Ersten, die an die Reihe kamen, schon gingen Maria und Josef mit langsamen Schritten über die Bühne, auf deren Kulissen das biblische Betlehem von Kinderpinseln gemalt war. Auch die Herberge war aufgemalt, aber in die hölzerne Kulisse war eine Tür eingebaut, die man öffnen und schließen konnte.

Hinter dieser geschlossenen Tür stand David und zitterte am ganzen Körper. Schon machte es „poch, poch" an der Tür.

Draußen rief eine Stimme: „Lasst uns ein und gebt uns ein Obdach, wenigstens für diese eine Nacht. Ich bin der Zimmermann Josef, und mit mir ist Maria, meine Frau, die ein Kindlein haben soll. Um Gottes willen, lasst uns ein!" So flehend klang diese Stimme, dass sie hätte einen Stein erweichen müssen.

Vielleicht war es der Klang der Sätze, die David vollends verwirrten. Für ihn war dies plötzlich kein Spiel mehr, sondern er stand in der Mitte eines wunderbaren Geschehens. Weit riss er die Tür der Herberge auf, streckte seine Hände aus und rief:

„Kommt herein, kommt herein, wie könnte es für euch in meiner Herberge keinen Platz geben!" Sein Gesicht leuchtete und er hatte plötzlich alle Scheu verloren. Er nahm Josef seinen hohen Wanderstab und sein Bündel ab und fügte, halb wie im Traum, hinzu: „In unserem Dorf sind immer alle Türen offen, Tag

und Nacht sind sie offen." Und damit führte er Maria und Josef in seine Herberge.

Eine große Stille legte sich über den Saal, die Stille der Heiligen Nacht. Und diese Stille hielt mindestens eine Weile an. Erst dann stand der Lehrer von seinem Platz auf, um die Dinge wieder einzurenken, sodass das Spiel seinen Fortgang nehmen konnte. Das war weniger schwierig, als ihr denkt, Maria und Josef erschienen ganz einfach wieder auf der Bühne, und Josef sagte etwas stockend den Satz, den ihm der Lehrer rasch zurechtgezimmert hatte: „Das war ein guter Herbergsvater, aber er konnte uns beim allerbesten Willen nicht helfen", und dann nahm das Spiel ungehindert seinen Lauf.

David aber stand hinter der Bühne, noch ganz benommen von dem, was ihm geschehen war. Er fürchtete sich vor keinem Tadel und keiner Strafe, er hatte etwas gutzumachen versucht, das seit Wochen mit Zentnerlast auf ihm gelegen hatte. Vielleicht hatte er sogar sehr viel mehr getan und ungezählten anderen Menschen die Tür zur Heiligen Nacht geöffnet und die Weihnachtskerzen in ihren Herzen angezündet. In seinem eigenen Herzen jedenfalls brannten sie lichterloh.

Jella Lepman

Weihnachten

Markt und Straßen stehn verlassen,
Still erleuchtet jedes Haus,
Sinnend geh ich durch die Gassen,
Alles sieht so festlich aus.

An den Fenstern haben Frauen
Buntes Spielzeug fromm geschmückt,
Tausend Kindlein stehn und schauen,
Sind so wunderstill beglückt.

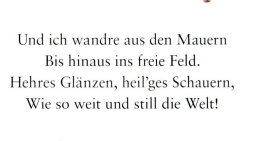

Und ich wandre aus den Mauern
Bis hinaus ins freie Feld.
Hehres Glänzen, heil'ges Schauern,
Wie so weit und still die Welt!

Sterne hoch die Kreise schlingen;
Aus des Schnees Einsamkeit
Steigt's wie wunderbares Singen –
O du gnadenreiche Zeit!

Joseph von Eichendorff

Er riecht nach Leben

Der Himmel wurde violett, als wir den Horizont erreichten, die Ziegen zupften Gras, die letzte Sonne strahlte in die Wolken, der Mond stieg aus dem Dunst wie eine rote Feuerkugel. Und vor dem roten Mond, da stand ein Stall. Vier Wände und ein Dach, mehr als genug für uns.

Und vor dem Stall ein Brunnen, gefüllt mit klarem Wasser.

Kein Mensch zu sehen, außer uns. Nur dieser Stall, die Ziegen und der Brunnen. Und Eva krümmte sich vor Schmerzen.

Ich öffnete die Tür. Da war ein Tisch, ein Krug darauf und auch ein Teller, da war ein Stuhl, da waren Heu und Stroh. Das schüttete ich auf und warf den Mantel drüber, dass sie ein weiches Lager hatte.

Die Katze legte sich dazu.

Ich rief den Hund und ging hinaus, um Holz zu sammeln für ein Feuer.

Ich kam nur hundert Schritte weit, da hörte ich den Schrei.

Sie schrie!

Sie schrie, als stecke ihr ein Messer in der Seite. Dann brach ihr Schreien ab und es war still. Ich war erstarrt, gelähmt vor Angst. Ich konnte mich nicht rühren. Ich lauschte.

Da hörte ich den zweiten Schrei, doch der war kleiner, und es war nicht Evas Stimme. Ich hörte meinen Sohn!

Ich ließ die Äste fallen, stürzte zum Stall und riss die Tür auf.

Sie lag im Stroh, sie lächelte und hielt das Kind im Arm. Da war ein Glanz um sie, ein Leuchten. Ja, es war dieser Augenblick, in dem ich alles, was zuvor geschehen war, vergaß. Kein Groll, kein Kummer und kein Hadern mehr. Die Freudentränen liefen über mein Gesicht, und eine Woge voller Zärtlichkeit kam über mich. Sie reichte mir das Kind. Ich hielt es vorsichtig, als könne es zerbrechen.

Das war mein Sohn!

Er war so leicht wie eine Hand voll Federn. Und war das Schönste, was ich je gesehen hatte. Die kleinen Ohren, seine Nase, die sanfte Wölbung seiner Stirn. Die dunklen Locken, die ihm noch nass am Köpfchen klebten. Und diese kleinen Finger und die Füße erst.

„Sieh doch, Eva! Siehst du das auch? Und er hat Apfelbäckchen, ganz wie du, schau nur! Und wie er duftet! Hast du ihn schon gerochen? Er duftet süßer als die Rosen! Er riecht nach Milch und Honig!"

Ich gab ihn ihr zurück und küsste sie. Wir hielten uns im Arm.

„Er riecht nach Leben", sagte Eva. „Nach Frühling und nach Zukunft! Und er ist stark, ganz wie sein Vater …"

„Und schön wie seine Mutter!"

Wir lachten und wir weinten und er schlief.

Jutta Richter

Wann fängt Weihnachten an?

Wenn der Schwache
dem Starken die Schwäche vergibt,
wenn der Starke
die Kräfte des Schwachen liebt,
wenn der Habewas
mit dem Habenichts teilt,
wenn der Laute
bei dem Stummen verweilt
und begreift,
was der Stumme ihm sagen will,
wenn das Leise
laut wird
und das Laute
still,

wenn das Bedeutungsvolle
bedeutungslos,
das scheinbar Unwichtige
wichtig und groß,
wenn mitten im Dunkel
ein winziges Licht
Geborgenheit,
helles Leben verspricht,
und du zögerst nicht,
sondern du
gehst,
so wie du bist,
darauf zu,
dann,
ja, dann
fängt Weihnachten an.

Rolf Krenzer

Weihnachten ist viel los

Weihnachten ist viel los:
Gott im Himmel so groß,
macht sich ganz klein,
um ein Mensch zu sein.
Kommt ohne Knall,
ganz schlicht im Stall
und überall
auf unsere Erde:
dass doch Frieden werde!

Georg Schwikart

Sein schönstes Wort

Wenn wir sagen:
es ist Weihnachten,
dann sagen wir:
Gott hat sein letztes,
sein tiefstes,
sein schönstes Wort
im Fleisch gewordenen Wort
in die Welt hineingesagt,
ein Wort,
das nicht mehr rückgängig
gemacht werden kann,
weil es Gottes endgültige Tat,
weil es Gott selbst in der Welt ist.

Karl Rahner

Ihr Kinderlein, kommet

Ihr Kinderlein, kommet, o kommet doch all,
zur Krippe her kommet, in Betlehems Stall,
und seht, was in dieser hochheiligen Nacht
der Vater im Himmel für Freude uns macht.

Da liegt es, das Kindlein, auf Heu und auf Stroh.
Maria und Josef betrachten es froh.
Die redlichen Hirten knien betend davor;
hoch droben schwebt jubelnd der Engelein Chor.

O beugt wie die Hirten anbetend die Knie,
erhebet die Hände und danket wie sie.
Stimmt freudig, ihr Kinder, wer soll sich nicht freun?
Stimmt freudig zum Jubel der Engel mit ein.

Christoph von Schmid

Die Legende vom Eselein

Eines Tages ging das Eselein zum Schöpfer der Welt und klagte ihm sein Leid. „Es gibt wohl kein Tier", sagte es, „das von den Menschen so ausgespottet wird wie gerade ich. Schon die Schulkinder lachen über mich, rufen einander meinen Namen als Schimpfwort zu und kritzeln meinen Kopf mit den langen Ohren auf die Tafel. Womit habe ich das verdient? Ich schleppe die schwersten Lasten, ich ziehe hohe Herren, ich trage den Reiter auf den steilsten Pfaden im Gebirge, wohin sich nie ein Pferd wagt. Mein Vetter, das Pferd, aber wird von den Menschen geradezu verhätschelt. Es bekommt schönes Zaum- und Sattelzeug und kräftiges Futter zum Lohn. Ich armer Packesel muss dagegen oft bloß mit Stroh und Disteln vorliebnehmen. Man darf sich nicht wundern, wenn ich manchmal die Geduld verliere und störrisch werde! Nein, ein so trauriges Los mag ich nicht länger ertragen."

Da sah Gott voller Güte auf das Grautier und sagte: „Es ist wahr, armes Geschöpf, die Menschen sind grausam zu dir. Ich aber schätze dich ganz anders ein. Warte ab und sei zufrieden!"

Es verging eine Weile, da schickte Gott seinen eigenen Sohn auf die Welt. Es war in der kalten Jahreszeit, und vergebens suchten Maria und Josef in Betlehem eine Unterkunft. Alle Türen blieben ihnen verschlossen. In einem ärmlichen Stall fanden sie endlich ein Ruhelager und um Mitternacht wurde das Jesuskind geboren. Seine Mutter wickelte es in Windeln, aber es war viel zu kalt im Stall für das zarte Kind.

Zum Glück standen neben der Krippe ein Ochse und ein Esel und sie erwärmten mit ihrem Hauch den kleinen Knaben und seine Mutter. Dankbar blickte die Heilige Familie auf die guten Tiere. Auf den Esel aber wartete noch eine weitere Auszeichnung: Eines Nachts gebot ein Engel, Josef möge mit Frau und Kind fliehen, so schnell es ging, denn König Herodes trachtete dem kleinen Knaben nach dem Leben. Da setzte Josef Maria und ihr Kind auf den Rücken des Esels, und das brave Tier trug seine kostbare Last behutsam und sicher den weiten Weg durch die Wüste.

Mehr als dreißig Jahre vergingen. Aus dem Kinde Jesus war ein Mann geworden, der Messias der Welt. Am Osterfest zog Jesus in Jerusalem ein. Als König wurde er empfangen und wie ein König ritt er durch das Stadttor – auf dem Rücken eines Esels! Kein Tier auf Erden hat je eine größere Ehre empfangen! Von dieser Stunde an sind die Esel zufriedene Tiere. Und wenn heute noch unverständige Menschen über sie spotten, denken sie sich ihren Teil. „Iah, iah!", sagen sie und schütteln ihre schönen, langen Ohren.

Josef Zöschinger

114

Dies ist die Nacht

Dies ist die Nacht, da mir erschienen
des großen Gottes Freundlichkeit.
Das Kind, dem alle Engel dienen,
bringt Licht in meine Dunkelheit.
Und dieses Welt- und Sonnenlicht
weicht hunderttausend Sonnen nicht.

In diesem Lichte kannst du sehen
das Licht der klaren Seligkeit.
Wenn Sonne, Mond und Stern vergehen,
vielleicht noch in gar kurzer Zeit,
wird dieses Licht mit seinem Schein
dein Himmel und dein Alles sein.

Drum Jesu, schöne Weihnachtssonne,
bestrahle mich mit deiner Gunst.
Dein Licht sei meine Weihnachtswonne
und lehre mich die Weihnachtskunst,
wie ich im Lichte wandeln soll,
und sei des Weihnachtsglanzes voll.

Kaspar Friedrich Nachtenhöfer

Warum muht die Kuh in der Nacht?

Ich erzähle euch eine Geschichte, die vor vielen, vielen Jahren in einem fernen Dorf geschehen ist. Es war mitten in der Nacht. Draußen war es finster und kalt. Die Menschen schliefen in ihren Häusern. Alle Tiere schliefen auch.

Doch still! War da nicht ein leises Geräusch? Klang das nicht nach dem Muhen einer Kuh? Ja, jetzt konnte man es deutlich hören. Irgendwo muhte eine Kuh. Immer lauter wurde das Muhen.

Das hörte eine kleine Maus. Sie rieb sich die Augen. Hatte sie geträumt? Nein, da war es wieder, das Muhen. Was sollte das bedeuten? Flink kroch sie aus ihrem Mauseloch und huschte hinüber zum Herd.

Dort lag der fette Kater. Den zwickte die kleine Maus in den Schwanz und piepste: „Hallo, Kater, hörst du das Muhen? Die Kuh ruft! Ich habe Angst! Was sollen wir tun?" Der Kater reckte und streckte sich. Wer wagt es, mich in meiner Nachtruhe zu stören, dachte er und blinzelte ärgerlich in die Dunkelheit. Doch da hörte auch er das Muhen in der Ferne. Eine Kuh, die mitten in der Nacht muht? Komisch, dachte er, das muss ich dem Hund sagen.

Geschwind schlüpfte er aus der Katzentür auf den Hof und sprang zur Hundehütte. „He, Hund, wach auf", miaute der Kater. „Hörst du die Kuh muhen?"

„Was, die Kuh muht?", knurrte der Hund. „Lass sie muhen!" Doch der Kater gab keine Ruhe. Er miaute so lange, bis auch der Hund seine Ohren spitzte. Und tatsächlich, da war es wieder zu hören, das Muhen. Eine Kuh, die in der Nacht muht, gibt es nicht oft, dachte der Hund. Das muss ich dem Hahn erzählen. Gedacht, getan! Mit einem riesigen Satz sprang er zum Misthaufen auf der anderen Hofseite und kläffte hinauf: „Hahn, du Schreihals, wach auf! Jetzt kannst du krähen! Sag allen Tieren, dass die Kuh muht!" Zuerst erschrak der Hahn über das Bellen. Aufgeregt schlug er mit seinen Flügeln um sich und hüpfte auf dem Misthaufen hin und her. Doch dann schrie er sein Kikeriki heraus. Er schrie so laut, dass

alle anderen Tiere des Dorfes davon wach
wurden. Vom Teich kamen die Enten geflo-
gen. Das Pferd schnaubte aus seinem Stall
heran. Die Schweine wackelten mit lautem
Quieken über den Hof. Die Hühner gackerten
im Hühnerhaus. Und die Spatzen setzten sich
mit aufgeregtem Gezwitscher auf den Zaun.

„Hör auf zu krähen", riefen sie alle zum Hahn
hinaus. „Sag uns lieber, was los ist!" Aber der
Hahn konnte sich gar nicht beruhigen. Immer
wieder krähte er: „Die Kuh muht! Die Kuh
muht!"

„Dann lass uns nachsehen, warum die Kuh so
laut ruft", piepste die Maus und huschte schon
voran zum Kuhstall. Die anderen Tiere wat-
schelten, torkelten, stolzierten, sprangen und
trabten hinterher.

Die Tür zum Kuhstall war nur angelehnt. Das
Pferd schob sie mit dem Kopf ein wenig weiter
auf, so weit, dass alle Tiere hineinsehen konnten. Und da saßen eine Frau und ein Mann.
Beide schauten auf ein kleines Kind, das in
einer Futterkrippe lag.

„Da seid ihr ja endlich", muhte die Kuh. „Ich
habe euch gerufen, weil ich euch etwas Wunderbares sagen muss. Christus ist geboren!"

Da miauten, piepsten, bellten, schnatterten,
wieherten, krähten, gackerten, meckerten,
blökten, quakten und grunzten die Tiere so
laut, dass auch alle Menschen im Dorf auf-
wachten und die freudige Nachricht erfuhren.

Hartmut Kulick

Vom Spinnlein im Stall

Im Stall, da ist so viel geschehn,
im Stall, da hab ich was gesehn.
Ein Netz, ganz zart wie aus Seide gewoben,
das hing unterm Dach am Balken oben.

Ein Spinnennetz, wie aus Gold gemacht,
das hat geschimmert in der Heiligen Nacht.
In jener Nacht war der Himmel offen,
hat der Glanz der Sterne es getroffen?

Und siehst du heut ein Spinnennetz an,
schau, wie das Spinnlein weben kann!
Ein Kunstwerk ist's, im Morgentau
sind Tauperlen dran, betracht es genau.

Und denk, wie in kalter Winternacht
ein Spinnlein dem Kinde Freude gemacht.

Barbara Cratzius

Wege der Weihnacht

Zeig mir den Weg des Vertrauens
unter dem leuchtenden Stern,
wie die Weisen ihn gegangen
zu ihrem König und Herrn.

Zeig mir den Weg des Dienens,
wie es Josef einst gespürt.
Öffne mir Herz und Hände,
Weg, der zum Nächsten führt.

Schenk mir den Weg der Liebe,
wie du Maria gesegnet.
Gib mir die rechten Worte
für jeden, der ihr begegnet.

Schenk mir den Weg des Dankens,
den Lobpreis der Hirten vom Feld.
Gib mir ein Herz, das voll Staunen
sich für dich offenhält.

Schenk mir den Weg der Hoffnung,
von Kranken und Armen erfleht.
Den Glanz des Sterns lass mich schauen,
der strahlend am Himmel steht.

Bleib du an meiner Seite,
verlasse du mich nicht.
Schenk auf den Weihnachtswegen
mir wieder dein leuchtendes Licht!

Barbara Cratzius

119

Stille Nacht, heilige Nacht

Stille Nacht, heilige Nacht,
alles schläft, einsam wacht
nur das traute, hochheilige Paar,
holder Knabe mit lockigem Haar,
schlaf in himmlischer Ruh,
schlaf in himmlischer Ruh!

Stille Nacht, heilige Nacht,
Gottes Sohn, o wie lacht
Lieb aus deinem göttlichen Mund,
da uns schlägt die rettende Stund,
Christ in deiner Geburt,
Christ in deiner Geburt!

Stille Nacht, heilige Nacht,
Hirten erst kundgemacht.
Durch der Engel Halleluja
tönt es laut von fern und nah:
Christ, der Retter, ist da!
Christ, der Retter, ist da!

Josef Mohr

Ein neues Jahr beginnt

Von guten Mächten

Von guten Mächten treu und still umgeben,
behütet und getröstet wunderbar,
so will ich diese Tage mit euch leben
und mit euch gehen in ein neues Jahr.

Noch will das Alte unsre Herzen quälen,
noch drückt uns böser Tage schwere Last.
Ach, Herr, gib unsern aufgeschreckten Seelen
das Heil, für das Du uns geschaffen hast.

Und reichst Du uns den schweren Kelch, den bittern
des Leids, gefüllt bis an den höchsten Rand,
so nehmen wir ihn dankbar ohne Zittern
aus Deiner guten und geliebten Hand.

Doch willst Du uns noch einmal Freude schenken
an dieser Welt und ihrer Sonne Glanz,
dann woll'n wir des Vergangenen gedenken,
und dann gehört Dir unser Leben ganz.

Lass warm und hell die Kerze heute flammen,
die Du in unsre Dunkelheit gebracht,
führ, wenn es sein kann, wieder uns zusammen!
Wir wissen es, Dein Licht scheint in der Nacht.

Wenn sich die Stille nun tief um uns breitet,
so lass uns hören jenen vollen Klang
der Welt, die unsichtbar sich um uns weitet,
all Deiner Kinder hohen Lobgesang.

Von guten Mächten wunderbar geborgen,
erwarten wir getrost, was kommen mag.
Gott ist bei uns am Abend und am Morgen
und ganz gewiss an jedem neuen Tag.

Dietrich Bonhoeffer

Neujahrsnacht

Diese Nacht ist ein Fluss.
Mein Bett ist ein Kahn.
Vom alten Jahr stoße ich ab.
Am neuen lege ich an.
Morgen spring ich an Land.
Dies Land, was ist's für ein Ort?
Es ist keiner, der's weiß.
Keiner war vor mir dort.

Josef Guggenmos

Segen für das neue Jahr

Der Herr segne dich und behüte dich.
Der Herr lasse sein Angesicht
über dich leuchten
und sei dir gnädig.
Der Herr wende sein Angesicht
dir zu und schenke dir Heil.

Numeri 6,24–26

Ein Jahr ist zu Ende

Ein Jahr ist zu Ende.
Nun gebt euch die Hände
Und sagt: Alles Gute! Gesundheit und Glück!
Beschließt in Gedanken,
Euch nicht mehr zu zanken,
Und denkt an die Sünden vom Vorjahr zurück.

Bleibt nett und verträglich
Und drückt euch nicht täglich
Vorm Waschen und Lernen auf listige Art!
Tut's auch nicht verdrießlich!
Es bleibt euch ja schließlich,
Ob schneller, ob langsamer, doch nicht erspart.

Ein Jahr will beginnen.
Im Glockenturm drinnen
Erschrecken die Tauben vom Bimm und vom Bumm.
Seid nicht wie die Tauben! Ihr müsst an euch glauben.
Stapft fröhlich ins Neujahr und dreht euch nicht um!

James Krüss

Wünsche zum neuen Jahr

Ein bisschen mehr Friede und weniger Streit
Ein bisschen mehr Güte und weniger Neid
Ein bisschen mehr Liebe und weniger Hass
Ein bisschen mehr Wahrheit – das wäre was

Statt so viel Unrast ein bisschen mehr Ruh
Statt immer nur Ich ein bisschen mehr Du
Statt Angst und Hemmung ein bisschen mehr Mut
Und Kraft zum Handeln – das wäre gut

In Trübsal und Dunkel ein bisschen mehr Licht
Kein quälend Verlangen, ein bisschen Verzicht
Und viel mehr Blumen, solange es geht
Nicht erst an Gräbern – da blühn sie zu spät

Ziel sei der Friede des Herzens
Besseres weiß ich nicht

Peter Rosegger

Was denken in der Neujahrsnacht die Tiere und die Menschen?

Was denken in der Neujahrsnacht
Die Kater und die Katzen?
Sie denken, dass im alten Jahr
Der Mausefang bescheiden war,
Und strecken in das neue Jahr
Begehrlich ihre Tatzen.

Was denken in der Neujahrsnacht
Die Pudel und die Möpse?
Sie denken, dass nicht jeden Tag
Ein Knochen auf dem Teller lag,
Und wünschen für den Neujahrstag
Sich Leberwurst und Klopse.

Was denken in der Neujahrsnacht
Die Vögel hierzulande?
Sie denken an die Storchenschar,
Die hier im Sommer fröhlich war
Und die nun wandelt, Paar um Paar,
Im warmen Wüstensande.

Was denken in der Neujahrsnacht
Die Knäblein und die Knaben?
Sie denken, ob der Frost bald weicht
Und ob ein Mensch den Mond erreicht
Und ob sie nächstes Jahr vielleicht
Schuhgröße vierzig haben.

Was denken in der Neujahrsnacht
In aller Welt die Mädchen?
Die Mädchen denken unentwegt
Und angeregt und aufgeregt
An das, was man im Sommer trägt,
Ob Gretchen oder Käthchen.

Was denken in der Neujahrsnacht
Die alten, alten Leute?
Sie denken unterm weißen Haar,
Wie sonderbar das Leben war
Und dass das Glück sie wunderbar
geleitet hat bis heute.

James Krüss

Die Heil'gen Drei Könige

Die Heil'gen Drei Könige aus Morgenland,
Sie frugen in jedem Städtchen:
Wo geht der Weg nach Betlehem,
Ihr lieben Buben und Mädchen?

Die Jungen und Alten, sie wussten es nicht,
Die Könige zogen weiter;
Sie folgten einem goldenen Stern,
Der leuchtete lieblich und heiter.

Der Stern blieb stehn über Josefs Haus,
Da sind sie hineingegangen;
Das Öchslein brüllte, das Kindlein schrie,
Die Heil'gen Drei Könige sangen.

Heinrich Heine

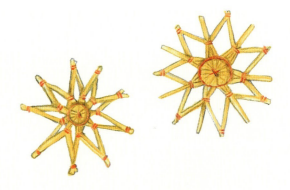

Das größte Geschenk

Weihnachten ist für uns
zum Fest der Geschenke geworden.
Vor einem vollen Gabentisch vergessen wir leicht,
dass unser ganzes Leben Geschenk ist:
Gesundheit, Familie, Aufgaben, Einfluss, Macht,
all das haben wir nicht aus uns selber,
sondern es ist uns von Gott anvertraut.

Wie können wir ihm danken?

Indem wir unsere Gaben
nicht nur für uns selber nutzen,
sondern andere daran teilhaben lassen.
Indem wir nicht eigenmächtig handeln,
sondern uns von Gott leiten lassen,
so wie der König,
der das Zeichen seiner Macht, die Krone,
dem Kind in der Krippe zu Füßen legt.

Ruth Rau

Zum neuen Jahr

Wie heimlicherweise
ein Engelein leise
mit rosigen Füßen
die Erde betritt,
so nahte der Morgen.
Jauchzt ihm, ihr Frommen,
ein heilig Willkommen!
Ein heilig Willkommen!
Herz, jauchze du mit!

In ihm sei's begonnen,
der Monde und Sonnen
an blauen Gezelten
des Himmels bewegt!
Du, Vater, du rate!
Lenke du und wende!
Herr, dir in die Hände
sei Anfang und Ende,
sei alles gelegt!

Eduard Mörike

Was würden Sie tun, wenn Sie das neue Jahr regieren könnten?

Ich würde vor Aufregung wahrscheinlich
Die ersten Nächte schlaflos verbringen
Und darauf tagelang ängstlich und kleinlich
Ganz dumme, selbstsüchtige Pläne schwingen.

Dann – hoffentlich – aber laut lachen
Und endlich den lieben Gott abends leise
Bitten, doch wieder nach seiner Weise
Das neue Jahr göttlich selber zu machen.

Joachim Ringelnatz

Die Sterndeuter aus dem Morgenland

Zu der Zeit, als Jesus in Betlehem geboren wurde, standen eines Morgens vor dem Palast des Königs in Jerusalem drei vornehm gekleidete Männer. Es waren Sterndeuter aus dem Morgenland.

„Ist hier im Schloss ein Kind zur Welt gekommen?", fragten sie einen der herumlungernden Wächter. „Nein, davon haben wir nichts gehört", lachte der Mann.

„Dann melde uns beim König. Vielleicht kann er uns Auskunft geben."

Aber auch Herodes wusste nichts von einem neugeborenen Prinzen.

„Wer hat euch das erzählt?", fragte er misstrauisch.

„In unserer Heimat ist ein großer Stern am Himmel erschienen, er hat uns hierhergeführt", antworteten die Weisen. „Es ist ein Stern, der die Geburt eines neuen Königs verheißt." Herodes erschrak. Sollte es sich um den in den alten Schriften angekündigten Christus handeln, den Befreier des Volkes?

„Ruht euch vorerst einmal von der langen Reise aus", sagte er. „Inzwischen werde ich mich nach dem König, den ihr sucht, erkundigen."

Er ließ seine Schriftgelehrten und Priester zusammenrufen und befahl ihnen, ihm die Bedeutung des Sterns, von dem die Fremden gesprochen hatten, zu erklären. Es war kein Irrtum: Die kleine Stadt Betlehem war ausersehen, dem Volk Israel einen neuen König zu schenken. Herodes begann um seine Macht zu fürchten. Das Kind durfte nicht am Leben bleiben.

„Geht hin nach Betlehem", sprach er zu den Sterndeutern. „Und wenn ihr das Kind findet, kommt zurück, damit auch ich ihm huldigen kann."

Die Sterndeuter versprachen es. Sie folgten weiter dem Stern, bis er in der Nähe Betlehems stehen blieb. In einem Stall fanden sie Maria und Josef und das Kind, das in einer Krippe lag, arm und nackt. Trotzdem wussten sie, dass sie den verheißenen König gefunden hatten.

Da fielen sie auf die Knie, beteten das Kind an und schenkten ihm Gold, Weihrauch und Myrrhe. Doch als sie sich glücklich schlafen legten, erschien ihnen Gott im Traum und sprach: „Herodes hat mit dem Kind Böses vor. Kehrt nicht zu ihm zurück."

Sternlein

Und auch Josef sah im Schlaf einen Engel des Herrn, der zu ihm sagte: „Steh auf, nimm das Kindlein und seine Mutter und flieh nach Ägypten!"

Noch ehe die Sonne am Himmel erschien, brach Josef auf. Die Sterndeuter ließen Jerusalem und den Königspalast am Wege liegen und kehrten in ihre Heimat zurück. Herodes wartete vergeblich auf die Sterndeuter. Als er merkte, dass sie ihn durchschaut hatten, ließ er alle Kinder in Betlehem, die jünger als zwei Jahre waren, von seinen Knechten umbringen. Josef aber blieb mit Maria und dem Kind in Ägypten, bis Herodes gestorben war. Dann kehrte er mit seiner Familie ins galiläische Land, nach Nazaret, zurück.

Max Bolliger

Hätt einer auch fast mehr Verstand
als wie die drei Weisen aus Morgenland
und ließe sich dünken, er wär wohl nie
dem Sternlein nachgereist wie sie;
dennoch, wenn nun das Weihnachtsfest
seine Lichtlein wonniglich scheinen lässt,
fällt auch auf sein verständig Gesicht,
er mag es merken oder nicht,
ein freundlicher Strahl
des Wundersternes von dazumal.

Wilhelm Busch

Stern über Betlehem

Stern über Betlehem, zeig uns den Weg,
führ uns zur Krippe hin, zeig, wo sie steht.
Leuchte du uns voran, bis wir dort sind,
Stern über Betlehem, führ uns zum Kind.

Stern über Betlehem, bleibe nicht stehn.
Du sollst den steilen Pfad vor uns hergehn.
Führ uns zum Stall und zu Esel und Rind,
Stern über Betlehem, führ uns zum Kind.

Stern über Betlehem, nun bleibst du stehn.
Und lässt uns alle das Wunder hier sehn,
das da geschehen, was niemand gedacht,
Stern über Betlehem, in dieser Nacht.

Stern über Betlehem, wir sind am Ziel,
denn dieser arme Stall birgt doch so viel.
Du hast uns hergeführt, wir danken dir,
Stern über Betlehem, wir bleiben hier.

Stern über Betlehem, kehr'n wir zurück.
Steht doch dein heller Schein in unserm Blick,
und was uns froh gemacht, teilen wir aus.
Stern über Betlehem, schein auch zu Haus.

Alfred Hans Zoller

Wisst ihr noch, wie es geschehen?

Wisst ihr noch, wie es geschehen?
Immer werden wir's erzählen:
Wie wir einst den Stern gesehen
mitten in der dunklen Nacht.

Stille war es um die Herde.
Und auf einmal war ein Leuchten
und ein Singen ob der Erde,
dass das Kind geboren sei!

Eilte jeder, dass er's sähe
arm in einer Krippen liegen.
Und wir fühlten Gottes Nähe.
Und wir beteten es an.

Könige aus Morgenlanden
kamen reich und hoch geritten,
dass sie auch das Kindlein fanden.
Und sie beteten es an.

Und es sang aus Himmelshallen:
Ehr sei Gott! Auf Erden Frieden!
Allen Menschen Wohlgefallen,
welche guten Willens sind!

Immer werden wir's erzählen,
wie das Wunder einst geschehen
und wie wir den Stern gesehen
mitten in der dunklen Nacht.

Hermann Claudius

Januar

Es kommt eine Zeit,
da werden die Könige unruhig,
und sie fragen ihre Diener:
Wohin sollen wir gehen?

Die Diener sehen sich an
und fragen:
Wohin?

Da stehen die Könige auf
und gehen.

Es kommt eine Zeit,
da werden die Sterne unruhig
und fragen:
Wer ist der Schönste unter uns?

Und die Sterne sehen sich an
und fragen:
Welcher mag es sein?

Die Könige aber sagen:
Ich heiße Balthasar.
Ich heiße Melchior.
Ich heiße Kaspar.

Und Kaspar ruft:
Da fliegt ein Stern
mit langem goldnem Haar.

Elisabeth Borchers

Der Januar

Das Jahr ist klein und liegt noch in der Wiege.
Der Weihnachtsmann ging heim in seinen Wald.
Doch riecht es noch nach Krapfen auf der Stiege.
Das Jahr ist klein und liegt noch in der Wiege.
Man steht am Fenster und wird langsam alt.

Die Amseln frieren. Und die Krähen darben.
Und auch der Mensch hat seine liebe Not.
Die leeren Felder sehnen sich nach Garben.
Die Welt ist schwarz und weiß und ohne Farben.
Und wär so gerne gelb und blau und rot.

Umringt von Kindern wie der Rattenfänger,
Tanzt auf dem Eise stolz der Januar.
Der Bussard zieht die Kreise eng und enger.
Es heißt, die Tage würden wieder länger.
Man merkt es nicht. Und es ist trotzdem wahr.

Die Wolken bringen Schnee aus fremden Ländern.
Und niemand hält sie auf und fordert Zoll.
Silvester, hörte man's auf allen Sendern,
dass sich auch unterm Himmel manches ändern
und, außer uns, viel besser werden soll.

Das Jahr ist klein und liegt noch in der Wiege.
Und ist doch hunderttausend Jahre alt.
Es träumt von Frieden. Oder träumt's vom Kriege?
Das Jahr ist klein und liegt noch in der Wiege.
Und stirbt in einem Jahr. Und das ist bald.

Erich Kästner

Quellenverzeichnis

S. 10: **Anne Steinwart**, An Dezembertagen. © bei der Autorin.

S. 12: **Maria Ferschl**, Wir sagen euch an den lieben Advent. © Verlag Herder, Freiburg.

S. 13: **Helene Löffert**, Adventsgedanken. © bei der Autorin.

S. 14: **Hermine König**, Es blüht ein Zweig im kalten Winter. © bei der Autorin.

S. 15: **Josef Guggenmos**, Am vierten Dezember. © beim Autor.

S. 16: **Stefan Gemmel**, Der ganz besondere Adventskranz. © beim Autor.

S. 17: **Paul Maar**, Wintermorgen. © beim Autor.

S. 18: **Elke Bräunling**, Die Sache mit dem Schenken, aus: Lichterglanz und Tannenduft. © 2005 Lahn-Verlag GmbH, 47623 Kevelaer, S. 8, www.lahn-verlag.de

S. 19: **James Krüss**, Tannengeflüster. Aus: James Krüss, Der wohltemperierte Leierkasten. © cbj Verlag, München, in der Verlagsgruppe Random House GmbH.

S. 20: **Albert Sergel**, Holler, boller Rumpelsack. © Rechtenachfolger Albert Sergel.

S. 22: **Willi Fährmann**, Von der Rettung aus Seenot. © beim Autor.

S. 24: **Barbara Cratzius**, Niklaus, Niklaus, guter Mann. © Hartmut Cratzius.

S. 26: **Regine Schindler**, Die Zaubernuss. © bei der Autorin.

S. 28: **Elke Bräunling**, Sag, Nikolaus. © bei der Autorin.

S. 29: **Alfons Schweiggert**, Die Geschichte vom beschenkten Nikolaus. Aus: ders., Der Weihnachtshase. © Alfons Schweiggert, München.

S. 30: **Ruth Rau**, Zur Stille finden. Aus: dies., Ich verkünde euch eine große Freude. © 2006 Butzon & Bercker Verlag, Kevelaer, www.bube.de

S. 34: **Hermine König**, Lucia, das Lichtmädchen. © bei der Autorin.

S. 36: **James Krüss**, Die Geschichte von der Weihnachtsmaus. Aus: James Krüss, Der wohltemperierte Leierkasten. © cbj Verlag, München, in der Verlagsgruppe Random House GmbH.

S. 38: **Rolf Krenzer**, Wenn es endlich schneit. Aus: Weihnachtsduft liegt in der Luft. © 2006 Lahn-Verlag GmbH, 47623 Kevelaer, S. 57, www.lahn-verlag.de

S. 40: **Die Geburt Jesu.** Aus: Einheitsübersetzung der Heiligen Schrift. © 1980 Katholische Bibelanstalt, Stuttgart.

S. 43: **Barbara Cratzius**, Wo gibt es heut noch Frieden? © Hartmut Cratzius.

S. 44: **Max Bolliger**, Der Weihnachtsnarr. Aus: ders., Ein Duft von Weihrauch und Myrrhe. Weihnachtslegenden. © 2009 Verlag am Eschbach der Schwabenverlag AG, Eschbach/Markgräflerland.

S. 45: **Christa Peikert-Flaspöhler**, Werde still und staune. © bei der Verfasserin.

S. 46: **Robert Haas**, Ein kleiner Stern. © 2008 by Robert Haas Musikverlag, 87439 Kempten, www.robert-haas.de

S. 48: **Rotraut Susanne Berner**, Weihnachten von A bis Z. © Rotraut Susanne Berner. Aus: Hausbuch der Weihnachtszeit. Gerstenberg Verlag, Hildesheim.

S. 49: **Max Bolliger**, Sollte es das Christkind gewesen sein? Aus: ders., Einfach Weihnachten. Geschichten für Dezembertage. © 2009 Verlag am Eschbach der Schwabenverlag AG, Eschbach/Markgräflerland.

S. 52: **Werner Bergengruen**, Kaschubisches Weihnachtslied. Aus: W. B., Figur und Schatten, Zürich 1958. © Dr. Luise Hackelsberger, Neustadt Weinstraße.

S. 53: **Regina Schwarz**, Wo man Geschenke verstecken kann. Aus: Hans-Joachim Gelberg (Hrsg.), Großer Ozean. © 2000 Beltz Verlag, Weinheim und Basel, Programm Beltz & Gelberg, Weinheim.

S. 54: **Selma Lagerlöf**, Die Heilige Nacht. © Verlag Friedrich Oetinger, Hamburg 2005.

S. 60: **Dimiter Inkiow**, In letzter Minute. © Elisabeth Inkiow.

S. 64: **Andrea Schwarz**, Das Fest der Mistkäfer. Entnommen aus: Andrea Schwarz, Eigentlich ist Weihnachten ganz anders, Hoffnungstexte © Verlag Herder GmbH, Freiburg i. Breisgau, 2. Auflage 2009.

S. 66: **Ursula Wölfel**, Geboren ist das Kind zur Nacht. Aus: Lesebuch „Wunder Welt", Bd. 4, Pädagogischer Verlag Schwann, Düsseldof 1968, © Cornelsen Verlag, Berlin.

S. 68: **Rolf Krenzer**, Doch ein Weg nach Karttula. Aus: Wann fängt Weihnachten an? © 2003 Lahn-Verlag GmbH, Kevelaer, S. 44, www.lahn-verlag.de

S. 71: **Rolf Krenzer**, Ein Kind wurde geboren. © 2008 by Robert Haas Musikverlag, 87439 Kempten, www.robert-haas.de

S. 72: **Rudolf Otto Wiemer**, Vom hochmütigen Ochsen. Aus: Rudolf Otto Wiemer, Die Nacht der Tiere. © 2002 Lahn-Verlag GmbH, Kevelaer, www.lahn-verlag.de, 2. Auflage 2003.

S. 76: **Heidi Rose**, Der Engel der Weihnacht. © bei der Autorin.

S. 79: **Ursula Wölfel**, Wacht auf, ihr Menschen. Aus: Lesebuch „Wunder Welt" Bd. 3, Pädagogischer Verlag Schwann, Düsseldorf 1968. © Cornelsen Verlag, Berlin.

S. 80: **Paul Maar**, Weihnachtsüberraschungen. © beim Autor.

S. 84: **Eugen Eckert**, Diese Nacht hat ein Geheimnis. © 2008 by Robert Haas Musikverlag, 87439 Kempten, www.robert-haas.de

S. 85: **Rolf Krenzer**, So wünsche ich mir Weihnachten. Aus: Weihnachtsduft liegt in der Luft. © 2006 Lahn-Verlag GmbH, 47623 Kevelaer, S. 57, www.lahn-verlag.de

S. 90: **Margret Rettich**, Die Geschichte vom Weihnachtsbraten. Aus: Wirklich wahre Weihnachtsgeschichten. © Verlag Carl Ueberreuter, Wien 2001.

S. 92: **Jutta Richter**, Weihnachten. © Jutta Richter, Schloss Westerwinkel.

S. 93: **James Krüss**, Tierweihnacht. Aus: James Krüss, Weihnachten im Leuchtturm auf den Hummerklippen. © Boje Verlag, Köln.

S. 94: **Marjaleena Lembcke**, Nicht an Heiligabend! © Marjaleena Lembcke, Greven.

S. 98: **Gudrun Pausewang**, Ob die auch Weihnachten feiern? © Gudrun Pausewang: Der Weihnachtsmann im Kittchen. Ravensburger Buchverlag 1995.

S. 99: **Albert Sergel**, Ein Tännlein aus dem Walde. © beim Autor.

S. 102: **Otfried Preußler**, „Herodes, ach, du böser Mann …" © beim Autor.